# 숭강이

제7회 이화글빛문학상 수상작

# 승냥이

이진송

글빛

# 차례

# 1
# 목요일 3시의 언저리

"이 딸기잼에는 왜 씨가 없지?"

"딸기잼에는 원래 씨 없어."

인욱이 별걸 다 물어본다는 듯 시큰둥하게 대꾸하며 빵을 베어 물었다. 나는 잼을 바르다 말고 나이프를 쥔 손으로 탁자를 탕 내리치며 소리 질렀다.

"딸기잼에 어떻게 씨가 없어, 고자 딸기야?"

"너 고자라는 말 좀 그만 쓸래? 듣기만 해도 아프거든."

"미안. 근데 씨 없는 딸기가 어딨냐니까?"

"너 딸기잼 처음 먹어보냐?"

인욱이 인상을 확 구겼다. 이제 겨우 스물한 살을 넘은 주제에, 인욱의 미간에는 벌써 11자 모양의 주름이 질랑말랑 한다. 그 때문에 나는 인욱이 손 닿는 거리에 있으면 늘 집게손가락으로 그 주름을 꾹꾹 눌러 펴주었는데 그러면 인상을 더 찡그려서 역효과였다. 미간 주름이라니, 누가 보면 카뮈나 쇼펜하우어 정도의 고민을 안고 사는 줄 알 것이다.

"직접 만든 잼만 드셨나 봐, 파는 딸기잼에는 원래 씨 없어."

인욱이 빈정거리며 플라스틱 나이프로 네모난 식빵에 잼을 잔뜩 펴발랐다. 그러고 보니 내가 기억하는 잼은 늘, 팔목까지 집어넣어야 바닥에 손이 닿는 커다란 유리병 속에 있었다. 이 잼이 신발 벗고 뛰어도 따라오지 못할 그 맛의 정점은 잇새에 꼬독꼬독 끼는 참깨 같은 씨였는데.

"이건 딸기잼이 아냐. 딸기잼을 흉내 낸 점액이지."

"골라라. 1번, 닥치고 먹는다. 2번, 먹고 닥친다."

인욱의 미간 사이로 11자가 더 뚜렷해졌다. 나는 마음속으로 3번을 고르며 입 안에 빵을 쑤셔 넣었다. 삼 번, 열심히 꼬나보면서 닥치고 먹는다. 나쁜 놈, 내가 저번에 써먹었던 걸 그대로 되돌려주다니. 그때 나는 인욱의 미간을 문지르면서 물었다. 인욱아, 맞고 인상 펼래, 인상 펴고 맞을래?

아무리 씹어보려고 애를 써도 빵은 입 안에서 겉돌았다.

퉤, 손바닥에 뱉어서 인욱 쪽으로 집어던지자 맞지도 않았는데 야! 하면서 인욱이 벌떡 일어났다. 그 바람에 인욱의 입에서도 딸기잼에 범벅이 되어 붉고 흐물흐물한 빵조각이 튀어나왔다. 각혈한 것 같았다.

“폐병쟁이 내 사내!”

내가 손뼉을 치며 웃음을 터뜨리자 인욱이 에이 씨, 하면서 빵조각을 휴지로 집었다. ‘폐병쟁이 내 사내’, 시인 허수경의 가장 유명하고도 아름다운 시였고 그 시집을 선물해 준 게 바로 고인욱이었다. 그 애의 비비 마른 몸과 파리한 안색은 영락없는 룸펜이다. 물론 치명적인 차이는 인욱은 내 사내가 아니며, 나 역시 그에게 청솔가지 분질러 진국 고아먹일 애정이 병아리 눈물만큼도 없다는 데 있지만. 인욱이 남은 빵을 아무렇게나 입에 쑤셔 넣고 씩씩대면서 씹었다. 처음 봤을 때부터 참 복 없이 먹는다고 생각했지만, 가슴을 턱턱 쳐가면서 빵을 삼키는 저 모습은 분명히…….

“삐졌구나?”

“그 말 쓰지 말랬지!”

인욱이 버럭 화를 내자 이번에는 빵가루가 마구 튀었다. 누가 입에 팝콘 튀기는 기계라도 설치한 것 같았다. 하긴 애조에 이 빵을 사온 것도 인욱이, 빵에 잼을 발라 서양식으로 점심을 해결하려 한 것도 인욱이, 그런데 점심 약속이 깨지는 바람에 동아리방으로 쳐들어와 그 빵을 낚아챈 것은 나. 식량을 약탈한 것도 모자라 잼과 빵을 모욕하고, 각혈하게 했으니 삐질 만도 하다. 어느 정도 염치 있는 인간인 나는 얌전히 내 담배를 나눠주었다.

동아리방의 창문은 잡아당겨도 구조상 절반 정도밖에 열리지 않아 담배 연기를 뱉을 때마다 열린 창문 사이로 고개를 쭉 내밀어야 했다. 그 꼬락서니는 내가 봐도 번갈아 여물을 먹는 소 같았지만, 담배 냄새가 나면 수정 언니가 대번에 날뛰니 별수 없었다.

인욱과 내가 창틀에 걸터앉아서 식후 땡을 하는 동안, 창문 바로 밑에 비둘기들이 날아와 앉았다. 구구구. 구구. 평화의 상징이었던 과거는 깨끗이 잊은 듯 담담한 눈으로, 비둘기들은 서로 잔뜩 부풀어 오른 몸을 부리로 쪼고 얼굴을 비비고 날개를 푸덕였다. 인욱이 몇 번 빵 부스러기를 흘려놓은 뒤부터 창틀 아래는 비둘기들의 아지트가 됐다.

"몇 시야?"

나는 알면서 일부러 물었고, 인욱 역시 시계를 보지도 않고 대충 대답했다.

"두 시."

어떤 나른함이 물속에 떨어뜨린 잉크처럼 퍼지는 시간, 이맘때는 어딘가 사람을 노곤노곤하게 만드는 기운이 있다. 그 어중간한 시간을 견디려고 어느 나라 누구는 낮잠 시간을 정해서 잠을 자고, 홍차를 마시고, 가던 길을 멈추고 기도를 하는지도 모른다. 나는 구부정한 자세로 담배를 피는 인욱을 물끄러미 쳐다보았다. 어떤 말을 꺼내기에 최적인 타이밍이 찾아올 때가 있다. 그건 불시에 찾아오는 것으로 기민하게 감각을 곤두세우지 않으면 흘려보내기 쉽다. 비유하자면 공기의 흐름이나 색깔, 혹은 맛과 비슷하다. 나는 마른침을 삼키며 인욱을 불렀다.

"고인욱아."

새 담배에 불을 붙이며 인욱이 건성으로 대꾸했다.

"어."

"……."

"……뭐? 불렀으면 말을 해."

인욱이 다시 눈썹과 눈썹 사이에 11자를 만들었다. 사람을, 말도 못하게 초조하게 만드는 숫자였다.

전에 말했던 그거 말이야…….

말해야 한다면 바로 지금이다. 그런데도 그 말의 꼬투리는 입 안에서 미역줄기처럼 미끄러지기만 했다. 일단 입 밖에 내기만 하면 줄줄이 사탕처럼 꺼낼 수 있을 것 같은데, 도대체 왜. 나는 입술을 잡아 뜯으며 시간을 끌었다. 후회하지 않을까, 인욱이 거절하면 어떡하지, 혹시 다 농담이었다고 넘겨버리면 그땐 진짜 끝장인데. 혹시, 자격미달이라고 말한다면? 그런 생각들이 계절을 맞은 꽃처럼 만발했다.

"그러니까, 내가……."

푸드득.

"어? 있었네."

그 순간 동아리방 문이 열리면서 공 선배가 들어왔다. 따끈따끈한 햇살 사이로 비둘기가 날아올랐고 가느다란 먼지가 빛을 받아 반짝였다. 나는 그만 끽, 하고 바람 빠지는 소리를 내며 입을 다물었다. 이럴 때 쓰라고 '산통 깬다'는 말이 태어났다는 데 내 손모가지를 건다.

인욱과 내가 건성으로 고개를 까딱여 인사하자, 공 선배는 인사를 받는 둥 마는 둥 책가방을 의자에 팽개치고 곧바로 창가 쪽으로 걸어왔다. 나는 설마, 하면서 그를 똑바로 쳐다보았지만 두 손을 살짝 비비는 저 포즈와 내 입술에 머문 시선은……백 퍼센트다.

"담배 있냐?"

나는 한숨을 쉬며 담뱃갑을 내밀었다. 그리고 공 선배가 한 개인 척하면서 두 개를 한꺼번에 집어가는 걸 똑똑히 봤다. 동아리 공식 담배거지다운 솜씨였다. 공 선배가 창틀에 기대어 불을 붙였다. 기껏 창문 사이로 고개를 뺀 보람도 없이, 담배 연기가 동아리 방안으로 곧장 퍼져나갔다.

“그저께 신입 회원 왔다갔다며? 2학기인데 아직도 방황하는 영혼이 있다니.”

“뭐, 신입이라고 할 것도 없어요. 간만 보고 나가던데요.”

인욱이 담배를 비벼 끄며 말했다. 누군지는 모르겠지만 그 심정은 충분히 이해한다. 나 역시 처음 이 동아리방에 들어섰을 때 그대로 문워크를 해서 나갈 것인가, 아니면 똥인지 된장인지 찍어 먹어나 볼 것인가를 치열하게 고민했다. ‘문학회’라는 팻말이 붙은 방문을 열었을 때 눈앞에 펼쳐진 풍경은 동해안의 오징어장 같았다. 온통 노란색 페인트로 대충 칠해놓은 방과 벽 여기저기에 붙은 종이 쪼가리는 그렇다 치고, 사람들이 저 편한 대로 드러누워 있었던 것이다.

“어라, 신입생?”

누군가 몸을 일으켰고 그제야 몇몇이 황급히 책 읽는 척을 했다. 회장이었던 수정 언니가 나에게 문집과 방명록을 보여주면서 형식상의 동아리 소개를 하는 사이, 오징어들은 다시 드러눕거나 담배를 피우거나 컴퓨터를 보면서 낄낄거리기 시작했다. 문학청년의 연기를 십 분 이상 계속하려는 의지도 없어 보였다. 세상에서 가장 한가하고 덤덤해 보였다. 바로 지금, 엄지와 검지로 담배를 잡고 눈을 가늘게 뜨며 후배에게 뜯은 담배를 피우는 공 선배처럼.

"선배, 이번에 창비 봤어요? 젊은 시인 좌담에……."

"야, 담배 맛 떨어지게 확!"

인욱의 말을 자르며 공 선배가 버럭 소리를 질렀다. 구구. 어느새 다시 몰려온 비둘기들이 구슬이 구르는 듯한 울음소리를 냈다. 시를 썼다는 선배는 얼마 전 고등학교 동창이 계간지에 시로 등단하자 정기구독을 중단했다. 그리고 그 시인의 성씨만 나올라치면 갓 건져낸 물고기처럼 팔딱팔딱 뛰었다. 함께 백일장을 전전하던 친구가 젊은 시인 좌담에 떡하니 껴 있으면 내가 생각해도 배가 좀 많이 아플 것 같았지만, 사실 나는 선배가 왜 그렇게 화를 내는지 도통 이해할 수 없었다. 선배는 더 이상 시를 쓰지 않기 때문이다. 나를 문학회로 이끈 것이 선배의 시였는데도.

봄이면 매년 문학회에서 시화전을 열었다. 올봄에는 무슨 배짱이었는지 야외전시였다. 나중에 알고 보니 공간 대관 신청을 놓치는 바람에 그냥 눈 딱 감고 학생문화관 숲에다 노끈을 걸어 무단으로 설치했을 뿐이지만 그 때는 그 허술하고 무분별한 배치조차 자유로운 예술가의 포즈로 보였다. 그렇다. 콩깍지가 씌거나 홀라당 속은 것이다.

몇 개는 문외한인 내가 봐도 참 어설펐다. 시시해서 시냐, 그렇게 속으로 빈정거렸던 기억도 난다. 하나같이 별로였다면 끝이었을 텐데, 또 몇 개는 아름다웠다. 그 아슬아슬한 균형이 발목을 잡았다. 기형도의 시를 패러디한 공 선배의 시는 단연 눈에 띄었다.

대학 시절

나무의자 밑에는 버려진 꽁초들이 가득하였고
은백양의 숲은 처음부터 있지도 않았다.
파헤쳐진 그 아름다운 교정에 이르면 학생들은
각오한 듯 소리 높여 수다를 떨며 지나갔다.
학문관 돌층계 위에서 나는 소설책을 읽자고 했다.
그때마다 친구들은 책 읽기 싫다고 손사래쳤다.
목련철이 오면 사람들은 외국과 도서관으로 흩어졌고,
운동하는 선배는 요즘은 새내기가 없다고 털어놓았다.
존경하는 교수는 없었으며 그들은 원체 말이 많았다.

몇 번의 겨울이 지나자 나는 외톨이가 되었다.

그리고 졸업이었다.

일자리 없이 대학을 떠나기가 두려웠다.*

저런 시를 쓴 사람들과 직접 이야기해보고 싶은 열망이 일렁였다. 물론 동아리방 문을 연 순간 그 두근거림은 머나먼 아라비아 사막으로 날아갔지만.

공 선배의 시는 그 시화전이 마지막이었다. 심드렁한 태도로 '이제 안 쓴다'고 말하는 선배 앞에서 나는 조금 무르춤했던 것 같다. 완전히 마음이 뜬 것처럼 굴어놓고, 꾸준하고 치열하게 썼을 동창에게 새삼 질투라도 느끼는 걸까. 나는 조금 삐딱하게 고개를 꺾은 채 그를 바라보았다.

"그러고 보니, 너 아직도 그 스터디인가 뭔가 하냐?"

공 선배의 말에 인욱은 대답하지 않았다. 선배가 머리를 벅벅 긁으면서 말했다.

"나처럼 되지 말라고 하는 말이다. 일찌감치 접어."

"보니까 또 1차에서 떨어졌구만."

인욱의 말에 공 선배가 주먹을 휙 들어 때리는 시늉을

* 실제 이 시를 쓴 사람은 황지선(이대 국문 05, 이화문학회)임을 밝힌다.

했다.

“아픈 데를 꼭 찔러야겠냐, 개새끼.”

하반기 취업 시즌이라 여기저기서 우르르 지원하고 우르르 떨어졌다. 공 선배는 요즘 매일매일 회사에 차이는 중이라고 했다. 그것도 얼굴도 보기 전에, 서류 전형부터 뻥뻥.

“그러니까 자소서에는 시를 쓰지 말고 차라리 소설을 써요.”

“시 안 썼다니까!”

“티 안 내려고 해도 티가 나나 보죠, 제 버릇 개 주나. 내가 대신 써줘요?”

“차라리 그랬으면 좋겠다.”

“내 소설 비싼데.”

인욱이 낄낄거렸다. 그 애는 가끔 취업용 자기소개서를 대신 써주고 약간의 수고비를 받아 용돈으로 삼았다. 그걸 ‘자소설 알바’라고 불렀다. 전혀 모르는 사람의 인생을 가장 드라마틱하게 소개하는 것이 관건이었는데, 어떨 때는 하루에 열 개가 넘게 썼다. 몇 개의 이력과 정보를 짜맞춰서 다른 그림을 만드는, 말하자면 퀼트를 하는 것 같았다.

“아오, 자소서 쓰는 데 도움만 된다면 너네 스터디라도 들어가겠다, 야."

"도움 하나도 안 돼요. 그리고 선배는 우리 쪽에서 거절이거든요."

인욱이 어깨를 으쓱거리자, 공 선배가 제발 와달라고 해도 안 간다며 허세를 부렸다. 그러다 나와 눈이 마주쳤고, 취업 안 되는 고학번 선배라는 소셜 포지션이 불만스러웠는지 대뜸 같잖은 말을 던졌다.

"근데 너네는 볼 때마다 같이 있네. 사귀냐?"

인욱과 나는 동시에 입을 딱 벌렸다. 그 비언어적이지만 노골적인 거부에도 불구하고, 공 선배는 더 무례한 발언을 했다.

"아서라, 문학하는 년놈끼리는 연애하는 거 아니다."

다 안다는 듯 고개를 설레설레 젓는 태도가 케이크 위의 딸기처럼 불쾌감의 정점을 찍었다. 연애를 해? 누가 누구랑?

"선배, 저는 고인욱이 문학하는 놈이라서가 아니고요."

비폭력주의자인 나의 정체성을 시험하는 선배에게, 나는 최대한 상냥하게 말했다.

"응?"

"완벽하게 제 타입이 아니라서 우습게 보는 건데요."

"……."

인욱과 공 선배가 동시에 조용해졌다. 한 박자 늦게 인욱이 내 뒤통수를 살짝 쳤고, 멍하니 입을 벌렸던 공 선배가 표정을 수습했다. 그리고는 살짝 씹히는 발음으로 중얼거렸다.

"……어, 그래."

처음 대학에 들어와서 받은 인상은 미묘한 열기였다. 공기 중에 뜬 홍조라고도 표현할 수 있겠다. 선배들은 나무를 접붙이지 못해 안달난 정원사처럼 누구든지 엮으려 들었고 당사자들은 서로 어느 정도 간을 본 끝에 못 이기는 척 사귀기 시작했다. 누구든지 대상이 허용 범위에서 크게 벗어나지만 않는다면 기꺼이 사랑하겠다는 의도가 환히 들여다보였다. 동아리 활동도 그러한 의지의 한 축이었지만, 모두 그런 것은 아니다. 내게 연애하려는 생각이 눈곱만큼이라도 있었다면 오징어 중에서도 왕오징어인 인욱과 공 선배를 보고도 이 동아리에 남았을 리가 없다.

"그럼 뭐야, 정인이도 스터디 같이 하냐?"

"얜 아녜요."

인욱이 대꾸했다. 일 초의 망설임도 없었다.

"아, 그래? 난 또. 잘 했어, 같이 놀지 마. 물든다."

공 선배가 칭찬하듯 내 머리를 쓰다듬었을 때—

나는 내가 상처 받았다는 사실을 깨달았다.

앤, 아녜요.

그래, 아니다. 어쩔래. 나는 입술을 꼭 깨물었다.

"그럼 너, 아직도 지호랑 둘이 하냐?"

"네. 금방 올걸요?"

인욱이 대답했다. 그새 새 담배를 피워 물었던 공 선배가 멈칫거렸다. 하염없이 길어지던 담뱃재가 툭 떨어졌고, "또 흘렸어! 흡연자들은 다 인천 앞바다에 집어넣어야 돼!" 소리 지르는 수정 언니의 목소리가 들리는 것 같았다. 아직 장초였는데 공 선배는 황급히 깡통에다 담배를 비벼 껐다.

"아, 그래? 그럼 난 가야겠다. 난 걔가 영 불편해서."

나는 인욱과 함께 공 선배를 배웅했다. 아직 지호가 오려면 삼십 분 넘게 남았다는 말은 굳이 하지 않았다.

다시, 둘만 남았다. 인욱이 책상에 앉아 가방에서 무언가를 주섬주섬 꺼냈다. 그리고서 제 할 일에만 열중한다. 아까 내가 하려다만 말이 무엇인지 묻지 않고 나도, 아스파라거스 싹 같던 용기가 싹둑 잘리는 바람에 입을 다물고 말았다. 낡은 소파에 비스듬히 누워 어제 읽다 팽개친 책을 집어 들었다. 소파에서는 오래된 것 특유의 냄새가 났다. 곰팡내 같기도 하고 스쳐간 사람들이나 시간의 더께 같은 쾨쾨한 냄새. 술을 잔뜩 마신 공 선배와 수정 언니가 의기투합해서 길에서 주워온 소파였는데 보라색이어서 어딘가 분열증적인 느낌을 풍겼다. 쿠션이 다 망가지고 때가 꼬질꼬질하게 탄 소파는 어디의 누가 썼는지도 모르는 수상한 물건인데도, 사람들은 잘도 몸을 부비고 낮잠을 잤다. 처음에는 더럽다며 인상을 찌푸리던 나 역시 얼마 후 배를 뒤집는 개처럼 소파만 보면 몸을 내던지게 되었다.

빠각.

인욱이 펜 끝을 깨무는 소리가 들린다. 까드득. 신경질적인 저 습관 때문에 인욱의 펜은 끝이 성한 데가 하나도 없다. 인욱은 지금, 소설을 읽고 있다. 책의 형태도 아니고, 하얀 A4 용지에 갓 인쇄되어서 나온, 아직 두 사람 외에는 누구도 알지 못하는 이야기. 목요일 오후 3시, 이 방에서는 지호와 인욱이 소설 창작 스터디를 한다. 처음 인욱과 만났을 때 어색함을 견디지 못한 내가 뭐 읽냐고 물었을 때 인욱은 무덤덤하게 말했다. 소설. 소설? 누구 거? 나도 소설 되게 좋아하는데. 내가 그렇게 묻자, 인욱이 고개를 들어 눈을 마주쳤다.

"내가 쓴 거야."

인욱의 그 말은 내게 불에 덴 자리처럼 새겨졌다. 나, 소설 쓰거든. 인욱은 그렇게 말했고 더 이상 나에게 관심이 없다는 듯 종이 위로 시선을 떨어뜨렸다. 나는 그때 인욱의 이름도, 나이도, 전공도 몰랐다. 인욱이 나에게 밝힌 최초의 정체는, 글 쓰는 남자라는 볼품없는 조건이었다. 그런 식으로 자기 소개를 하는 사람은 처음 봤다. 소설이 책의 모양이 아니라 그렇게나 개인적이고 사소한 형태로 존재할 수 있다는 사실이 낯설어 나는 지그시 입술을 깨물며 오른손으로 쇄골 아래를 눌렀다.

소설 창작 스터디는 동아리 활동과는 별개로, 2주에 한 번씩 한다. 목요일 오후 3시에 아무도 없는 동아리방에서 은밀하게 이루어진다. 그것을 알고부터 나는 자주 목요일 3시의 언저리를 서성였다. 눈치 하나는 귀신같은 고인욱이 그걸 모를 리 없다. 다만—

덜컥!

"나 안 늦었지!"

지호가 언제나처럼 입을 활짝 벌리며 웃었다. 나는 지호의 머리색이 바뀐 것에 금방 시선을 빼앗겼다.

"염색했네?"

"응. 미역 같지? 세상의 나무가 모두 빨갛고 노랗길래 내가 그린벨트 좀 설치했지."

미역이라기보다, 인공 잔디 같은 색깔이다. 저런 선택을 말리지 않는 미용사가 있다는 사실이 뜨악했지만, 그 어떤 미용사도 지호의 고집을 꺾을 수 없다는 사실 역시 확고해서 나도 그냥 따라 웃었다.

"미용실에서 그런 색깔을 갖고 있다는 게 더 신기하다."

지호와 내가 떠드는 사이, 인욱이 책상에 놓였던 책을 한 쪽으로 밀어치웠다. 쌓여 있던 책 무더기가 무너졌다. 마치 자신이 여기 있다는 무언의 압박 같았고, 그쪽을 돌아본 지호가 손바닥을 딱 마주쳤다.

"아, 스터디 해야지."

지호가 가방을 내려놓고 무언가를 꺼내느라 부산을 떠는 사이, 인욱이 내 쪽으로 시선을 돌렸다.

"안 가?"

똑 떨어지는 단호한 말투에 얼굴이 확 달아올랐다. 인욱이 저 말을 꺼내기 전에 몸을 문 쪽으로 옮겼어야 하는데, 나도 모르게 어정쩡하게 서 있었던 것이다. 이제부터는 내 의지로 나간다 해도 쫓겨나는 꼴이다. 사람을 비참하게 만드는 것도 이 정도면 재능이지, 괜히 국문과 공식 개새끼

고인욱이 아니었다. 내가 가방을 들쳐 메자 지호가 붙잡았다.

"어, 벌써 가? 좀 더 놀다 가."

"됐어, 가라고 해. 너 오늘 알바 빨리 가야 된다며."

인욱이 펜을 깨물며 말했다. 까드득. 나는 애써 아무렇지 않은 척하며 동아리방을 벗어났다. 문이 닫히는 소리가 그렇게 야속할 수가 없었다.

*다정한 모임 속 네가 내 머릿속에 못을 박았다.*

나는 김경미의 시 구절을 곱씹으며 밖으로 나왔다. 노란 은행잎이 우수수 쏟아졌다. 지금쯤 노란 방에서 머리를 맞대고 서로의 소설을 들여다볼 지호와 인욱이 눈에 선했다. 지호는 이제 살이 완전히 다 빠져, 예전의 모습이 거의 없었다.

지호를 처음 보던 날의 기억은 아직도 생생하다. 지호가 들어서는 순간 동아리 방의 공기가 살짝 찌그러지는 것이 느껴졌다. 비단 기이하게 뚱뚱한 몸 때문만은 아니었다. 윤기 흐르는 갈색 눈동자와 눈이 마주쳤을 때, 나는 대번에 지호가 지금까지 알아온 많은 사람들과는 다르다는 사실을 알아챘다. 지호는 낑낑거리며 안고 있던 책을 책상 위에 쏟아놓았다. 그 속에서 얄팍한 책 하나를 골라내서 동아리방 책장에 꽂고, 소파에 걸터앉았다. 소파 한 쪽이 푹 꺼졌다. 수정 언니가 책장에 꽂은 잡지를 쳐다보면서 말했다.

"이번 호 나왔네. 잘 되고 있어?"

"뭐, 보는 대로. 어느 정도를 넘으니까 더 이상 안 찌긴 한다. 살이 찌는 데도 정체기가 있나 봐. 어떡하지?"

지호의 목소리는 낮고 허스키했다. 낯선 음색과 모호한 음역이었다. 지호는 살이 출렁거리는 몸을 내려다보며 살을 더 찌울 방법을 물었고 나는 그 상황을 바로 이해하지 못해 눈만 끔벅이고 있었다.

"라면을 먹고 자 봐."

"벌써 했지."

"그러면 핫초코에다 마시멜로를 띄워서 물처럼 마시는 건 어때?"

"괜찮네. 말만 들어도 셀룰라이트가 번식하는 것 같다."

수정 언니와 지호가 진지하게 고개를 끄덕였다. 정신 차리고 들어도, 살을 찌우는 방법에 대한 진지한 고민과 상담이 맞다. 나는 좀 얼떨떨한 얼굴로 끼어들었다.

"치즈 케이크에다……투게더 아이스크림을 비벼 먹으면 끝나요."

두 사람이 나를 돌아보았다. 냉장고에 넣어두고 까맣게

잊었던 요구르트라도 본 듯한 눈이었다. 지호가 활짝 웃었다. 그것만으로도 눈과 코와 입의 배열이 바뀌는 것 같았다.

"천재다. 너 신입생?"

"네. 불문학과 서정인입니다."

"오, 봉주르?"

지호가 킬킬거리면서 내 어깨를 쳤다. 그 소탈하고 거리낌 없는 접촉이 퉁—하고 내 안의 무언가를 흔들었다. 그 흔들림을 따라 내내 궁금하던 것이 입 밖으로 튀어나갔다. 말릴 새도 없었다.

"……근데 저기, 오빠예요, 언니예요?"

푭!

수정 언니와 지호가 동시에 웃음을 터뜨렸다. 그럴 줄 알았다는 얼굴이다. 이렇게 가까이 앉아 있는데도 쉽게 지호의 성별을 추측할 수 없어 나는 반쯤 넋이 나간 상태였다. 지호가 불쑥 손을 내밀었다.

"그냥 지호라고 불러."

성별과 나이에 따른 호칭을 완전히 제거하고, 오롯이 자기 이름만을 내민 사람은 처음이었다. 지호를 만나고서야 나는 지금껏 얼마나 쉽게 상대의 성별을 파악하고, 그것이 필수인 양 굴었는지 깨달았다. 다른 사람이 얘기해주지 않았더라면 성씨도 몰랐을 것이다. 나는 지호의 손을 얼결에 맞잡았다. 지호가 씨익 웃으면서 잡은 손을 아래위로 흔들었다. 반갑다! 그 손은 두툼하고 따뜻했으며 갓 뽑아낸 떡처럼 말랑말랑했다.

지호는 독립잡지에 몸을 바꿔가면서 쓰는 칼럼을 연재하는 중이었다. 처음 만났을 때는 '경도 비만인으로 산다는 것'에서 '고도 비만인으로 산다는 것'이라는 주제로 넘어갈 무렵이었기 때문에 더 이상 불지 않는 체중을 늘리느라 골머리를 앓고 있었다.

나는 인터넷에 지호가 기고한다는 잡지를 검색해보았다. 인터넷 버전으로 '웹진'도 있어서 지호의 칼럼을 금방 찾을 수 있었다. 그 이전에는 '44 사이즈로 산다는 것'이나 '삭발한 머리로 산다는 것' 등의 칼럼이 있었다. 지호는 몸의 변화에 따라 외부의 조건들이 어떻게 작동하는지, 몸이 정상의 규범을 벗어났을 때 어떤 폭력과 맞닥뜨리는지에 대해서 썼다. 날카로운 사유가 번득이는가 하면 논리의 비약이 눈에 띌 때도 있었다. 지호의 칼럼 밑으로 무수한 댓글이 달렸고 가끔 욕설이 난무했다. 그러거나 말거나 지호는 열심히 치즈 케이크에 투게더 아이스크림을 비벼 먹었고, 먹은 후에 바로 잤으며, 빙그레의 CM을 부르면서 돌아다

냈다. 덕분에 지호는 '고도 비만인으로 산다는 것'의 칼럼을 성공적으로 쓸 수 있었다. 다 내 덕분이니 재미있는 것을 보여주겠다며 지호가 배를 깠다.

"이건 배야."

그리고서 양손으로 배꼽 주변을 감쌌다. 뱃살이 둥글게 불거지면서, 배꼽이 과일 꼭지처럼 보였다. 보정 속옷을 입고 있던 나는 그 풍족한 뱃살에 습관적으로 거부감을 느꼈고 인상을 찌푸렸다. 그러자 지호는 인간은 누구나 배에 배를 갖고 있는 법이라며 내 등을 마구 때리며 웃었다. 그 일 때문에 나는 한동안 배를 먹으려고 할 때마다 물컹하고 따뜻한 뱃살의 감촉을 떠올렸다. 그리고 어느 날은 혼자서 거울을 보며 '배'를 만들어보고는 실없이 웃었다.

그때까지만 해도 내게 소설은 낭만의 휘장으로 둘러친 세계였기에, 소설을 쓴다는 것은 곧 인욱처럼 기민한 신경줄이나 떨어지는 꽃잎에도 울컥 무너지는 성향으로 직결되었다. 그러니 지호 같은 사람이 인욱과 소설 스터디를 한다는 게 낯설 수밖에. 두 사람은 차라리 코미디의 콤비 같았다. 홀쭉이와 뚱뚱이, 그런 느낌의, 슬랩스틱을 주로 하는 애들 말이다.

우연히 그 스터디를 목격했을 때 지호는 "껌 씹을래?"

하고 물어보는 어투로 나에게 "들어올래?" 하고 물었다. 순간 누군가 내 발목을 집어 들어 아득한 허공에 내던지는 기분이었다. 울렁거림과 함께 정신이 번쩍 들었다. 내가 대답하지 못하고 어물거리자, 인욱이 문을 가리키면서 그랬다.

"미안한데, 우리 이제 스터디할 거니까 나가줄래?"

딱 아까만큼 재수 없는 목소리였던 걸로 기억한다.

낙엽이 주인 잃은 양말짝처럼 나뒹구는 캠퍼스 한복판을 가로질러 나는 걷고 또 걸었다. 지호는 그 이후로 자주 내게 껌이나 사탕, 담배를 권했지만 스터디에 대해서 말한 적은 한 번도 없다. 한국 사람은 3번 권하는 게 예의라는 걸 모를 리는 없고, 그렇다면 둘 다 분명히 능청을 떠는 것이다. 시침을 떼면서 내가 어떻게 나오는지 간을 보는 것이다. 둘이 꼭 짠 것처럼.

이래서 문학하는 년놈들이란!

나는 씨근덕거리면서 걷다 말고 눈을 비볐다. 바람이 차서, 눈이 시렸다.

***

'내 이름은 서정인입니다. 나는 한국 나이로 21살입니다. 취미는 책 읽기와 일기 쓰기이고 특기는 특별히 없습니다. 가장 좋아하는 계절은 가을이고 여름은 더우므로 싫어합니다. 가장 좋아하는 음식은 쌀국수…….'

간신히 세 줄을 넘어갔을 때 나는 방금 쓴 문장을 죽죽 그어버렸다. 알파벳들이 꼬물거렸다. 세상에, 1980년대의 펜팔 교본이라고 해도 믿을 만큼 촌스러운 자기 소개였다. 취미나 좋아하는 계절, 좋아하는 음식. 한 사람을 짧은 시간 안에 이해하거나 기억하는 데 중요한 것은 그런 지루하고 뻔한 나열이 아니다. 나도 안다. 한국어로 자기 소개를 하라면 몇 분이고 신나게 떠들 수 있었을 것이다. 하지만 이건, 불어다. 나에게는 불어(不語)나 다름없다. 그 언어 속에서 나는 단순하고 빈약했다. 대학 이름을 보고 전공을 대충 선택한 대가를 톡톡히 치르는 것이다.

입학할 때까지만 해도 프랑스라고는 에펠탑밖에 몰랐지만 별거 있겠냐고 생각했다. 별거, 있었다. 그것도 엄청난 차이였다. 첫 수업에 들어갔을 때 앞자리에 앉은 아이들 두 명이서 불어로 농담을 하며 웃고 있었다. 등골을 타고 땀이 흘렀다. 그 둘을 중심으로 거대한 피라미드가 세워지기 시작했다. 뒤늦게 나는 우리 학교가 재외국민 전형을 적극적으로 시행하고 있으며, 특히 외고에서의 진학률이 높다는 것을 알았다. 나는 제일 밑으로 내동댕이쳐졌다. 과의 규모 자체가 크지 않아 서로의 불어 실력이 맑은 개울처럼 훤히 들여다보였다. 불어는 까다로웠다. 단어에 성별이 있었고 트랜스포머처럼 복잡하게 변형했다. 차라리 영어가 쉽게 느껴질 정도였다. 나는 기본 프랑스어 수업을 대충 듣고 새내기답게 방탕하고 나태하게 1학년을 보냈다.

2학년이 되자 원어민이 진행하는 수업이 생겼다. 첫 수업이니만큼 자기 소개서를 써서 발표하는 과제가 주어졌다. 그 순간 나는 끝간데 없이 펼쳐졌던 세계가 돌연 모서리를 좁히며 조여 들어오는 것을 느꼈다. 좁은 관에 갇힌 것처럼 손을 들면 전면이 만져졌다. 내가 쓸 수 있는 언어는 딱 그만큼의 크기로 제한되었다. 더듬더듬 사전을 뒤져 단어를 고르면 그에 알맞은 격이나 절을 알 수 없었다. 나는 그제야 말이라는 것이 얼마나 유기적이고 까다로운 구조인지를 깨달았다. 아, 하고 입을 열면 쪼르르 따라 나오는 그것들이 사실은 저 창자 어디쯤에서부터 문법과 어법에 맞추어 오밀조밀 맞춰진다는 사실을 믿을 수 없었다.

지옥은 거기서 끝이 아니었다. 원어민 교수가 본격적으로 불어로 수업을 진행하기 시작하면서 나는 매 시간 어둠 속을 걸었다. 원어민 교수는 얼굴보다, 쌍가마가 새겨진 정수리로 나를 기억했을 것이다. 어쩌다 수업을 열심히 듣고 있다는 신호로 고개를 들면 눈이 마주쳤다. 발표시켜 달라는 의미로 잘못 이해한 원어민 교수는 해맑게 웃으며 나를 지목했다. 그럼 마드모아젤 서가 해볼까요? 그럴 때마다 수명이 쭉쭉 줄어들었다. 나는 질문을 이해하지 못해서 동문서답했고, 바로잡아 주는 말을 알아듣지 못해 점점 더 엉뚱한 방향으로 달렸다. 나를 불쌍히 여긴 누군가가 앞뒤에서 해답을 속삭여야 간신히 미궁에서 탈출할 수 있었다.

시간이 멈춘 듯했지만 그것은 어디까지나 내 기분이었을 뿐 수업은 활기가 넘쳤다. 터진 자루에서 쏟아진 구슬처럼 유창한 불어가 반짝였다. 농담이라도 나오면 바람 부는 보리밭처럼 여러 명이 와르르 웃었고 일제히 감탄하거나 고개를 끄덕였다. 나는 꼬박꼬박 출석했고 언제나 맨 뒷자리에 앉아 수업 끝까지 자리를 지켰지만, 한 번도 그 공간, 그 시간에 온전히 존재해보지 못했다.

"엄마, 힘들어 죽겠어. 나 어떡하지?"

—니는 언어 감각이 있어서 잘할 끼다. 말도 억수로 빨리 했다아이가.

엄마의 순진하고 굳건한 믿음을 해칠 수 없어 하소연도 그만두었다. 엄마의 말에도 일리는 있었다. 나는 말을 빨리

했을 뿐만 아니라 '많이' 해서, 나를 봐주던 삼촌이 입에 청테이프를 붙여놓은 적도 있었다. (아동학대는 아니다.) 쉴 새없이 떠들어대면서 어른들끼리 한 말을 옮기는 꼬맹이는 어지간히 피곤했을 것이다. 나는 활자중독증일 정도로 많은 책을 읽었고 그래서 또래들보다 다양하고 수준 높은 어휘를 구사했다. 우리 애가 천재?! 뭐 그런 착각을 우리 부모님도 한 번씩은 했던 것이다. 그런데 이 지경이 되고 나니, 지금껏 보이지 않던 것들이 드러났다. 말을 가져야 서로 소통할 수 있지만 다른 말을 가지면 그 사람의 존재 자체는 지워진다는 사실.

낯선 언어 앞에서 나는 초보 산타클로스처럼 언제 무엇을 꺼내야 할지 몰라 멍해지기 일쑤였다. 머릿속에서 튀어나온 말이 즉시 입 안에서 형체도 없이 부스러졌다. 그러는 동안 나는 내가 젊어진 언어의 꾸러미처럼 조악하고 단순해졌다. 하고 싶은 말과 할 수 있는 말이 내 몸 안에서 꿍, 꿍, 끊임없이 충돌했고 하려던 말과 했던 말이 맞붙어 싸웠다. 자려고 누우면 그 소리가 시끄러워 잠을 이룰 수 없었다. 새우처럼 몸을 말며 귀를 틀어막아도 마찬가지였다.

언젠가 내가 연기처럼 사라질지도 모른다는 공포가 무성했다. 잠을 이루지 못하면서부터 나는 인육만 보면 앞치마

속에 든 감자를 건넬 때를 가늠하는 점순이처럼, 아니 그렇게 비유하기에는 내가 인욱이에게 눈곱만큼의 감정도 없지만 어쨌든, 그렇게 안달을 냈다. 아니다. '느 집엔 이거 없지?'는 인욱이나 할 수 있는 대사였다. 내 손에는 감자조차 없으니. 인욱은 다 알면서도 의뭉을 떨었고, 거기에 자존심이 상해 내가 입을 다무는 악순환이었다.

학원에도 다니고 프랑스 방송도 보면서 나름대로 따라잡으려고 했지만 결과는 여전히 제자리걸음이다. 두 달 전에 처음 썼던 자기 소개서보다 무엇 하나 나아진 게 없었다. 나는 여전히 불문과에서 제일 지진아였고, 수업시간에는 투명인간이었으며 내가 쓴 문장 속에서는 빛다 만 반죽이었다. 그게 내 전부였다.

이제, 한계다.

왜 하필 소설이었을까. 내가 책 읽는 것을 좋아하고 우리말을 부리는 데 집착에 가까운 강박이 있다고 해도, 소설을 쓰려는 욕심은 다른 층위의 문제다. 인욱과 지호를 만나기 전에는 '내가', '소설을' 쓴다는 일은 상상조차 하지 못했다. 요즘에는 인터넷에서 누구나 소설을 쓸 수 있지만, 아무래도 나는 소설가나 시인을 팔이 세 개 달린 다른 종족으로 생각했던 모양이다. 인욱과 지호가 연극을 하거나 그림을 그렸더라도 이렇게 속수무책으로 끌려갔을까. 나는 잠깐 눈을 감은 채 연극을 하기에는 부적합한 나의 발성과, 그림을 그리기에는 부족한 나의 센스를 가늠해보았다. 그렇다고 소설을 쓰는 데 맞춤하는가 하면 결국 그것도 아니다. 잠깐 우울해졌다.

하지만 중요한 사실은 소설을 쓸 수 있다는 가능성이 어느 날 소나기처럼 내 머리 위로 쏟아졌다는 것이다. 그것은 금방 싹을 틔우고 가지를 뻗어 푸르게 잎을 피웠고 바람이 불 때마다 서걱거렸다.

어둠 속에서 전자파가 허공을 가르고 곧게 뻗었다. 나는 더듬거리는 손으로 익숙한 번호를 눌렀다. 긴긴 신호음이 이어졌고 이내 송화기 너머로 짜증에 물든 인욱의 목소리가 들려왔다.

# 2
# 승강이

스터디에 들어간다고, 쓸 수 있는 건 아니다. 취업 스터디를 하는 사람이 전원 취업에 성공하지는 않는 것처럼 말이다. 진짜배기 소설가는 고독하고 소신 있는 포즈로 혼자서 쓸 수 있겠지만, 나는. 가진 것이라고는 요지경을 들여다보듯 매혹으로 떨리는 눈과 기어이 터져버린 열망밖에 없는 나는. 휩쓸려가지 않기 위해 스크럼을 짜듯, 내가 쓴다는 것을 증명해줄 누군가가 필요했고 그게 스터디였다. 지호와 인욱 역시 그 정도의 역할로서만 스터디를 인식하고 있었다.

"그냥 익숙하고 편한 개념을 빌려온 거야. 빠져나오기

곤란한 자리에서 스터디 간다고 둘러대기도 쉽고. 무소의 뿔처럼 혼자서 가기에는 너무 많은 것들이 방해하는 세상이라 여차하면 쓰는 일은 뒤로 밀리지. 사람들은 하나같이 공사다망하셔서 자격증도 없는 우리가 쓴 글을 읽어줄 만큼 한가하지도 않잖아? 그래서 우린 서로가 필요한 거지."

"자격증?"

"작가 인증을 못 받았다는 거지. 무면허라고도 표현할 수 있겠다."

"면허라고 하니까 웃긴다."

"우리는 그냥, 같이 쓰는 모임이야. 같이 쓰고, 성심성의껏 서로의 글을 읽고. 안 쓰면 서로 재촉해서 압박도 좀 주고."

국문과의 유령 혹은 문학회의 자발적 왕따라고 불리는 인욱의 입에서 나오는 '같이'라는 말은 귀신의 것처럼 낯설었다. 인욱은 목을 잠깐 축이더니 터진 둑처럼 다시 말을 이었다. 스터디에 관해서 누가 묻거나 들어오고 싶어하면 으레 할 법한 설명이었지만 그 태도 어디에도, 같은 말을 반복해온 권태나 덤덤함은 없었다.

"네가 지켜야 될 것은 두 가지야. 무슨 사정이 생기더라도 일단 쓴다. 그리고 다른 사람들 것을 꼼꼼하게 읽는다.

다 쓰면 전날 자정까지 인터넷 카페에 올려야 돼. 스터디할 때는 자기 거랑 남의 것 출력해오는 거 잊지 말고."

나는 인욱이 알려준 인터넷 카페에 가입했다. '승강이'. 그건 스터디의 이름이기도 했다. 인터넷 카페에는 지금까지 '승강이'를 거쳐 지나간 사람들의 이름으로 된 게시판이 있었고 거기에는 그 사람들이 쓴 글들이 첨부파일 형태로 올라와 있었다.

내가 접근할 수 있는 게시판은 '인욱'과 '지호', 그리고 '글상자'뿐이었다. '글상자'는 퇴고까지 모두 마친 완성본을 올리는 곳인데, 탈퇴한 사람들의 글까지 포함해 꽤 많은 글이 있었다. 나중에 책을 출판할 때 실을 원고이며 회비는 출판기금으로 모은다고 했다. 금액은 자유. 나는 '승강이'가 책 출판을 목표로 하고 있다는 것을 알고 깜짝 놀랐다. 별안간 심장이 빠르게 뛰었다. 직접 쓴 것을 보고 만지고 공간을 차지하는 형태로 만들어낼 수 있다니. 그것도 '책'이라는 물리적이고 보편적인 형태로! 나는 미처 태어나지 않은 나의 소설들이 까맣게 활자로 찍힌 책 한 권을 생각해 보았다. 그 가능성은 상상하는 그 순간 파삭 부스러질 것 같아서, 황급히 손으로 감쌀 수밖에 없었다.

"일단 한 달에 10만 원씩 붓고 있거든. 우리 둘이서."

적금을 붓는 데 특별한 규칙은 없고 둘이서 합쳐서 10만 원을 만들면 되는 식이어서 주먹구구였다. 그래도 횟수를 빠뜨린 적은 없다고 했다. 지호가 새로운 청바지의 유혹을 이기지 못하고 펑크를 내면, 인욱이 금액을 맞추는 식이었다. 마찬가지로 인욱이 엉망으로 술에 취해 술값을 제 카드로 결제했을 때는 지호가 일일 아르바이트를 뛰어서 부족한 돈을 마련했다.

"그 외 마감을 지키지 않았을 때 내는 벌금이나, 스터디에 참여했던 사람들이 남긴 출자금 같은 것도 합쳐진 거야."

"적금은 얼마나 됐는데?"

"1년 조금 넘었지. 2년 만기고."

인욱이 손가락을 꼽아보더니 대꾸했다.

"처음 시작할 때 무작정 하려다 보니 뭔가 막막하더라고. 솔직히 창작을 어떻게 스터디하냐. 그렇다고 다 함께 김소진이 되어 사전을 독파하기도 그렇고, 목표는 있어야겠고. 그래서 그냥, 책을 내기로 했지."

"처음에는 목표가 '등단'이었어. 근데 애들이 이 스터디에서 원하는 게 서로 다 달랐거든. 나는 그냥 소설을 쓰고 싶은 거다, 드라마 작가가 되는 데 필요한 스토리텔링을 연마할 뿐이다 등등. 그림 동아리나 연극 동아리라고 해서 모두가 화가나 배우가 되고 싶은 건 아니듯?"

지호가 똑 떨어지는 발음으로 말했다. 나 역시, 글을 쓰고 싶다고 생각했을 뿐이다. 그 일을 직업으로 삼는다고 생각하니 갑자기 말도 못하게 부담스러웠다.

"게다가 더 최악은 뭔지 알아? 목표를 등단으로 삼으면, 무슨 서바이벌처럼 우리 스터디에는 '등단을 못한' 사람만 남게 된다는 거야. 패배자 종합선물세트도 아니고, 그게 뭐야."

픽, 하고 바람 빠지는 소리를 내며 인욱이 웃었다. 인욱과 지호의 팔 밑으로 그네들이 쓴 콩트를 인쇄한 종이가 어지럽게 흩어져 있었다. 내게 아직 도착하지 않은, 미지의 세계로 통하는 초대장 같았다. 나는 대번에 시선을 빼앗겼다.

하긴 등단이 목표였다면, 애초에 나 같은 애를 회원으로 받을 리가 없다. 교내 문학상에서 수상했거나, 창작 수업에서 높은 점수를 받아 교지에 소설이 실린 국문학과의 누구누구 등, 학교 안에서만 찾아도 후보는 얼마든지 있었다. 특히나 인욱은, 과 생활에 불성실하다지만 그런 정보에는 빠를 게 뻔했다.

그러나 두 사람은 그렇게 하지 않았다. 등단 혹은 전업작가는 생각해본 적 없다. 생각해보지 않았다는 말은 인식의 바깥에 있다는 뜻이고, 그것은 곧 나에게 존재하되 없는 것이다. 완전한 부재였다. 작가, 혹은 등단, 그 말이 내 앞에 불쑥 내밀어졌다면 나는 뒤도 안 돌아보고 도망갔을지도 모른다.

하지만 책은 다르다. 책은 어디에든 있다. 그건 이 세상에 남겨지는 어떤 기록이었다. 그 정도라면, 나도 할 수 있지 않을까 하는 미약한 기대가 이번에도 내 발목을 붙잡았다. 누구도 그 책을 기다리지 않고, 어떤 보상조차 주어지지 않는다 해도.

—왜 소설을 쓰고 싶은데?

그 새벽, 통화의 끝에서 인욱은 물었다. 나는 대답하지 못하고 전화를 끊었다. 다만 이 세계 어딘가에 내가 쓴 이야기를 부려놓는 모든 과정이, 저 질문에 대한 답이라는 것만은 알 수 있었다.

나는 곧장 서점에 들러 작법서를 한 권씩 골랐다. 이승우의 『당신은 이미 소설을 쓰기 시작했다』와 안정효의 『글쓰기만보』였다. 느낌 가는 대로 손을 놀려 역작을 만들어내는 천재에게는 필요 없지만, 우리에게는 등불처럼 환할 때가 있다고 인욱과 지호가 추천한 책이었다. 광화문은 언제나처럼 붐볐다. 많은 사람들이 숨 가쁜 속도로 엇갈려 스치지

나갔다. 바스락거리는 종이봉투를 안고 걷다가, 나는 자주 멈추었다. 배고픈 아이가 빵 봉지를 안은 것처럼 야금야금 봉투 속을 들여다보다 조그맣게 속삭였다.

Je vous écris.

나는……씁니다.

원어민 교수가 들었다면 당장 빨간 펜을 들이댔을 말이었지만 이제 막 태어난 새 것이어서 솜털이 보송보송했다. '나는 씁니다.' 무엇을? 목적어의 자리는 아직 빈 칸이었다. 그 위로 가능한 많은 단어들이 빠르게 지나갔다. 나는 아무것도 붙잡지 않고 그대로 내버려 두었다. 한국어는 정황어이기 때문에 저렇게만 써도 가능하다. 불어는 저렇게 쓰면 안 된다. 주어, 목적어, 동사가 칼같이 구비되어야 하는 것이다. 하지만 아무래도 좋았다. 내가 나에 대해서 할 수 있는 말이 하나 더 늘어나는 순간, 나를 둘러싸고 조여오던 모서리가 미묘하게 물러서는 것이 보였다.

나는 씁니다.

그 말은 이내 물고기처럼 꼬리를 흔들며 혈관 속으로 파고들어 사라졌다.

***

인욱은 의외로 환상성 코드를 좋아했다. 인욱의 콩트에서는 방문을 열면 바다가 넘실거리고 오리털 이불 속에서 오리들이 날갯짓을 했다. 나는 그런 식의 전개가 에라이 뿅, 하고 무책임하게 결말을 내버리는 것 같다고 비판했지만 인욱이 순순히 인정하자—“티 나냐?”—금방 전의를 상실했다. 지호의 소설은 잡지에 연재하는 칼럼과 크게 다르지 않았다. 상식을 뒤집고, 극한의 극한까지 밀고 나가는 참담한 현실에 대한 묘사는 깊은 불편함을 동반했으나 그 애 특유의 명랑함이 깃발처럼 나풀거렸다. 특히 단골처럼 등장하는 성별이 지워진 주인공들은, 자주 읽는 사람을 당황하게 만들었다. 남사당패에서 여자 역할을 하는 삐리와 마을 처녀가 서로의 치마를 들추며 애무하는 지호의 첫 소설은 한동안 머릿속에 강렬하게 남았다.

“그럼 이번 주 스터디를 시작하자.”

“잠깐만, 자비 출판 알아왔어. 둘 다 어쩜 그렇게 정보가 없냐.”

나는 지호와 인욱에게 종이 뭉치를 나눠주면서 득의양양하게 웃었다. 생각보다 자비 출판을 하려는 사람들은 훨씬 많았고, 출판사 역시 규모와 분야 면에서 다양했다. 나는 그 업체들을 일일이 조사하고 견적을 뽑아온 참이었다.

"오, 꼼꼼하네."

인욱이 자료를 건성으로 훑으며 건성으로 감탄했다. 그러거나 말거나 나는 설명을 시작했다.

"출판사가 얼마나 개입하느냐에 따라서 작업이 많이 달라져. 예를 들면 교정이나 디자인 같은 것도 죄다 우리가 하고, 책 찍는 것만 맡길 수도 있는 거지. 그게 제일 단가가 저렴해. 책이 나오면 출판등록도 하고 국제표준도서번호도 받을 수 있어."

"흐음."

"요즘에는 자비 출판이 많이 늘었대. 책이 몇몇 능력 있는 사람의 전유물이 아니게 된 거지. 외국은 우리나라보다 더 자비 출판이 흔하다는데?"

나는 자신의 기획을 상사에게 어필하는 회사원처럼 열정적으로 말했다. 그런데 어째 반응이 뜨뜻미지근하다. 인욱은 부하직원의 보고에는 관심 없는 상사처럼 등받이에 기대앉아 담배만 피우다가, 손등으로 입술을 쓱 문지르면서 말했다.

"출판시장이 불황이라서 더 그래. 유명인이나 잘 나가는 작가를 잡아도 이윤 남기기 어려운데, 그나마 그런 사람들은 큰 출판사가 꽉 잡고 있을 거 아냐. 그런 주제에 기획만 하겠다고 콧대 높이고 있으면 영세 출판사는 줄줄이 도산이겠지. 자비 출판은 어떻게 해도 책 낸 사람이 모든 위험 부담을 떠안으니까 좀 안전빵이고."

"그렇게 말하면 너무 부정적인 것 같고. 차라리 공생 아닌가? 개인이 책을 낼 수 있다는 점은 매력적이잖아."

지호와 인욱이 다시 논쟁을 시작할 기미를 보였기 때문에 나는 얼른 끼어들었다.

"어쨌든! 이제 구체적인 예산을 알았으니 현실적으로 계획을 짜보자."

"난 패스."

"나도 빠질래. 경제부 장관 너 시켜줄 테니까 잘 부탁해용."

인욱과 지호가 두 손을 번쩍 들었다. 나는 당황했다. 초기 예산부터 목표 달성까지 걸리는 시간, 소액으로 할 수 있는 적립식 펀드나 MMF 상품에 대해서 이야기할 필요도 없었다. 지호가 나를 쳐다보면서 말했다.

"아, 통장 줄까?"

두 사람은 진심으로 구체적인 출판과정에 관심이 없어보

였다. 책을 내겠다고 적금까지 들어놓고, 잠깐 들었다 떠나는 사람들이 남긴 출자금을 한 푼도 쓰지 않고 보관해놓고. 승강이 안에는 어떤 집요함과 어떤 나태함이, 도저히 어울릴 수 없는 인욱과 지호처럼 짝을 이루고 있었다. 그건 금방이라도 뒤뚱그러질 듯 위태로우면서도 기묘한 균형이었다.

"그럼, 이제 소설 볼까?"

"오늘은 내가 서기니까 정인이부터 보자."

지호가 타닥타닥, 노트북으로 자판을 치면서 내 쪽으로 턱을 까딱였다. 첫 스터디 이후, 나도 2주에 한 번 꼴로 콩트를 제출했다. 14일, 336시간, 20160분. 그 시간은 엿가락처럼 늘어나거나 줄어들었다. 아이디어가 반짝, 떠오를 때는 그 기간이 꽤 넉넉하게 느껴지다가 마감 하루 전까지 아무 것도 쓰지 못했을 때는 혓바닥이 바짝바짝 말랐다. 나는 힐끔거리며 인욱과 지호의 안색을 살폈다.

"너, 무슨 직업 탐방기 쓰냐?"

인욱의 말이었다. 내 콩트는 애견 미용사에 관한 이야기였는데, 도서관에 있는 애견 미용 관련 서적까지 빌려다가 썼다. 그러다 보니 애견 미용사가 하는 일을 열거하는 데 많은 분량이 할애되었다. 애견 미용사가 되려면 어떤 과정을 밟는지, 소형견을 미용할 때 따르는 고충은 무엇인지,

푸들의 털을 깎을 때 제일 인기 많은 것은 테디베어 컷이라든지 블라블라, 뭐 그런 것들.

"자료 조사가 꼼꼼한 건 좋지만, 네가 쓴 부분이 없잖아. 레포트도 이 정도면 복사하기, 붙여넣기라서 C+ 뜬다?"

스터디에 들어온 이후 나는 유난스러울 만큼 부산을 떨었다. 하루에도 수십 개씩 인터넷 기사를 읽고, 괜찮다 싶은 소재가 있으면 도서관을 뒤져 관련 서적을 찾았다. '인간극장' 같은 휴먼다큐멘터리와 '그것이 알고 싶다' 같은 고발 프로그램도 봤다. 텔레비전이라고는 안 보는 나에게 그건 꽤 질긴 인내심을 요구했지만 나름대로 성과는 있었다. 세상에는 정말 드라마틱한 일들이 넘쳐나서, 작법서의 충고대로 '개가 사람을 무는 것이 아니라 사람이 개를 무는' 그런 사건을 금방 모을 수 있었다. 그런데 이상하게도 소설로 쓰면, 종이 위에 내가 쓴 활자로 부려놓으면 무언가 어색해졌다. 날것같이 싱싱하던 이야기들이 돌연 빛깔을 잃고 시들었다. 내가 받았던 어떤 충격과 강렬한 인상을 복원하려고 기를 쓸수록 문장은 장황해지고 이야기 간의 연결 고리는 헐거워졌다. 나는 매번, 어디서 본 것 같은 거인 열전을 쓰는 기분에 사로잡혔다.

"너무 어렵게 생각한 것 같은데, 꼭 지어낸 이야기일 필요는 없어. 사실이라 해도 네가 가공을 잘 해서 소설적 구조를 갖추면 소설이 되는 거지. 이렇게 소재를 모으지 말고, 네 이야기부터 써보는 게 어때? 너 개 싫어한다며. 근데 웬 애견 미용사야."

"내 경험은, 별로, 쓸 만한 게 없는데."

내가 더듬거리자 인욱이 한 번 더 볼펜 끝을 깨물었다. 까드득.

"꼭 네가 겪은 걸 쓰라는 말이 아니라, 너한테서 가까운 것부터 써보라는 뜻이야. 네가 좋아하는 거, 지금의 너와 가장 관련 있는 거."

그건 꼭……자기 소개서 같잖아. 나는 불어로 망쳐놓은 자기 소개서를 생각하며 우울하게 고개를 끄덕였다.

"그런 충고는 너무 무책임한 거 아냐? 사람마다 쓰는 스타일이 다른걸. 넌 처음에 쓸 때 우주전쟁부터 썼으면서 정인이한테는 그렇게 말하기 없다."

우리의 말을 모조리 타이핑하면서 지호가 끼어들었다. 지호의 말 중간중간 타다닥, 하고 자판 두드리는 소리가 추임새처럼 들렸다.

"그렇긴 하다만. 니가 보기엔 정인이가 우주전쟁에 대해서 쓸 것 같냐?"

인욱이 담배에 불을 붙이며 픽 웃었다.

"정인이 글을 몇 개나 봤다고 아는 척이야."

지호가 내 편을 들어주는가 싶어 살짝 감격하려는 찰나,

"아직 제대로 된 걸 갖고 오지도 않았는데 뭘."

턱을 내밀며 웃는 그 얄미운 표정 그대로 지호는 찬물을 끼얹었다. 나는 웃으려던 얼굴 그대로 굳어서 눈을 흘겼다.

"자기 스타일이 확고한 것 같은 기성작가들도 가끔씩 확확 얼굴을 바꾸잖아. 망하든, 성공하든, 새로운 시도이기도 하고. 정인이가 뭘 쓸지 아직 알 수 없는 상황이니까 한동안은 이렇게 헤매는 과정이 필요하다고, 나는 생각하는데."

"너 그거 누구 얘긴지 내가 맞춰볼까."

"야, 너 말 신중하게 해라. 내가 이거 다 기록하고 있는 거 알지? 너 등단하면 내가 그 작가님들한테 전송한다니까."

인욱이 이죽거리자 지호가 대번에 받아쳤다. 그 말에 우리 셋 다 약속이나 한 듯 크크크, 하고 목으로 웃음을 터뜨렸다. 스터디를 할 때면 가끔씩 우리가 쓴 소설과 비슷한 기존의 소설이나, 스타일에서 영향을 받은 작가의 이름이 언급될 때가 있었다. 그럴 때면 방향은 대개 두 가지였다. 어린 양처럼 찬양하거나, 요즘 좀 맛이 간 것 같다며 깎아내리거나. 그래놓고 스터디 내용을 기록한 일지를 그 작가

에게 보내니 마니, 무익하고 무해한 협박을 하는 것이다. 인욱이 어깨를 으쓱거렸다.

"상관없어. 취향은 변하는 거니까. 니가 그걸 보내서 협박한다 해도 그 사람들은 개미 뒷다리만큼도 신경 안 쓸걸."

"하긴 네가 박형서를 그렇게 좋아하게 될 줄 누가 알았겠니. 내가 그렇게 찬양할 때도 눈 하나 깜짝 안 하더니. 하지만 알아둬, 그 남자는 내 거야."

"놀고 있네. 언제는 오정희가 네 거라며?"

"내 마음에는 방이 많거든. 내 사랑은 무죄다."

"무슨 의자왕도 아니고, 마음에 드는 작가마다 다 자기 거래. 그럼 우린 누구 가져?"

둘 사이에 끼어들어 내가 툴툴거렸다. 지호가 바로 진지한 얼굴로 받아쳤다.

"그럼 김유정 줄게. 내가 채식하잖아. 닭을 그렇게 사랑하는 남자는 안 될 것 같아."

스터디의 흐름은 종종 이렇게 삼천포로 빠졌다. 스터디의 목적은 등단이 아니었고, 나 역시 작가가 되겠다는 생각을 한 적 없지만, 소설 쓰겠네 하고 앉은 사람들의 사정이 다 비슷비슷한 것 같았다. 나는 죽었다 깨어나도 쓸 수 없을 것 같은 내공을 가진 작가에게는 그가 알 리 없는 맹렬한 짝사랑과 질투를 불태우고, 그나마 꼬투리 잡을 게 있는 소설에는 손톱을 드릉드릉 갈면서 자기도 이 정도는 쓸 수 있다고 자위하는, 작가 '지망생'. 그 단어에는 어딘가 알 수 없는 열등감 혹은 질투, 그리고 하찮은 기운이 크리스마스 트리의 꼬마전구처럼 반짝였다. 동창이 등단하던 날 술을 질펀 먹고 엉엉 울다가 학생문화관 계단에서 머리에 자기가 토한 걸 처바른 채 잠이 들었던 공 선배나, 적금에 모자란 돈을 마련해보고자 모 백화점에서 주최한 공모전(1등 상금이 무려 500만 원이었으니 누가 그에게 돌을 던지랴)에 응모했는데, 장려상에 뽑힌 인욱이 5만 원짜리 상품권을 부상으로 받는 바람에 한동안 '오만욱'으로 불렸던 일 같은 거. 그때 인욱은 그 상품권을 백화점 지하의 식품코너에서 만두와 떡볶이 등으로 탕진하면서 동아리 사람들의 입막음을 했는데, 내가 스터디에 들어온 다음날 지호가 나불나불 이야기해줬으니 헛돈을 쓴 셈이다. 자기는 결백하다고 뻗대던 지호 역시, 자기가 신춘문예에 내기만 하면 세상이 놀라 자빠질 거라고 생각하여 투고한 날부터 맹렬하게 사인 연습에 들어갔다는 이야기를 들려주어 내 뒤통수를 쳤다. 어쩌면 이렇게 하나같이 못났을까, 나는 웃다가 기운이 빠져 기진한 채 그렇게 생각했다. 그 못나고 지질한 데 내가 이미 발가락을 담갔다는 것은 까맣게 모르고 말이다.

"이 사촌 캐릭터 좀 빼라니까. 그냥 죽여."

"안 돼, 내가 얘를 얼마나 좋아하는데."

"전개상 전혀 필요가 없잖아. 군더더기야."

소설이나 콩트를 합평할 때는 인욱도 지호도 나도 제멋대로 군다. 이것도 고치고 저것도 빼! 소설을 쓰랬지 누가 똥을 싸랬어? 일기는 싸이 다이어리에나 쓰고 소설을 가져오란 말야. 이 겉멋 부린 문장은 뭐야? 독한 말들이 올림픽 탁구 결승전처럼 정신없이 튀어 올랐다. 처음에 나는 그런 두 사람의 말에 적잖은 충격을 받았는데, 지호와 인욱은 눈 하나 깜짝하지 않았다. 칭찬도 마찬가지였다. 칭찬 한두 마디에 구름 위를 떠다니는 내가 민망할 정도였다. 그 애들은 합평에서 들은 말들 중 채 절반도, 소설을 수정하는 데 반영하는 법이 없었고 어떤 말을 들어도 상처 받거나 휘둘리지 않았다. 그제야 나는 이번에도 썼고, 그것을 들고 정해진 시간과 공간에 모였다는 사실이 가장 중요하며 이 스터디의 존재 이유라는 것을 알았다. 도대체 왜 썼는지, 무슨 말을 하고 싶었는지가 종이 두 장에서 세 장 사이에 희미하게나마 포착되고 전달되면, 그걸 놓고 여럿이서 침을 튀겨가며 열정적으로 떠들 수 있으면 족한 시간들이었다.

"그러면, 인욱이 방식으로 처리하자."

한참 자신의 콩트에 나온 인물을 어떻게 처리하느냐를 두고 다투던 와중에, 지호가 눈을 빛내면서 말했다.

"내 식?"

"갑자기 이 사촌이 기린이 되는 거야."

"으하하하! 뭐야 그거? 박민규?"

내가 박수를 치면서 웃자, 인욱의 얼굴이 시뻘겋게 달아올랐다.

"죽는다 진짜."

인욱이 테이블 밑에서 지호의 다리를 걷어차며 으르렁거렸다.

"왜, 너 그런 거 좋아하잖아."

"망할, 차라리 카스테라가 되게 하시지."

"그건 너무 베낀 티 나니까 단팥빵으로 할게."

이……얼마간 무익하고, 무료하고, 무해하고, 때때로 내키는 만큼만 유쾌한 볼품없음. 나는 거기에 속절없이 매료되었다. 너무 가벼워 보일까 봐 뒤꿈치에 힘을 주고 버티기도 해봤지만, 그러니까 소위 밀고 당기기를 하려던 셈인데, 버틴 만큼 더 큰 반동으로 끌려가곤 했다. 팽팽하게 당긴 활시위에서 떠난 활처럼. 벌써 미간에 주름이 잡힌 인욱과,

오늘도 남자인지 여자인지 애매모호한 모습의 지호가 더럭 사랑스럽다고 생각했다. 둘은 그 단어가 일반적으로 가리키는 뜻과 전혀 일치하지 않았으나, 그럼에도 불구하고 내가 아는 한 그 말과 가장 가까운 사람이었다.

***

"스터디 잘했어?"

"어, 수정이 안녕."

"야, 다 좋은데 청소는 좀 해. 이 골초들아."

수정 언니가 투덜거렸다. 나는 좀 미안해져서 같이 꽁초가 든 깡통을 비웠다. 수정 언니가 가방에서 과자를 잔뜩 꺼냈다.

"무슨 과자를 이렇게 많이 사왔어요?"

"어제 술 취해서……샀나 봐. 정신 차리고 보니까 칸쵸만 스무 개를 샀더라고."

언니가 수줍게 웃으면서 먹어, 하고 과자를 밀었다. 나는 그래도 이 동아리에서 수정 언니만은 좀 평범하다고 생각했고 그나마 나와 비슷한 부류라고 여겼으며, 그래서 친하게 지내려고 애를 썼다. 완벽한 착오였다. 종강파티 하던 날 언니의 진면목을 보고 나는 포복하여 달아나는 패전 군인처럼 뒷걸음질쳤다. 참하고 예쁘장한 언니는 술을 '너무' 좋아했고 술에 취하면 아예 다른 사람이 됐다. 다른 사람이라기보다는 그래, 그냥 개가 됐다고 하는 편이 정확할지도 모른다. 실제로 네 발로 기었으니까. 알코올과 논 알코올 상태의 갭이 너무 컸기 때문에 지킬 박사가 봤으면 냉큼 실험 표본으로 집어갔을 것이다. 인욱은 그걸 숨겨왔던 자아의 출현이라고 빈정거렸고 수정 언니는 그냥 처음에 술을 잘 못 배워서 그렇다고 둘러댔다.

"너는 숙취 없어? 괴물이네 아주."

수정 언니가 지호를 쳐다보며 고개를 저었다.

"어제 같이 술 마셨어요?"

내 말에 지호가 씩 웃었다.

"응. 섞어 먹으면 머리 아프다고 소주만 마셨는데도 그래? 오수정, 늙었구만."

"애인이랑 싸워서 우울하다고 술판 벌여놓고, 전화 오니까 뽀르르 달려 나간 게 누군데?"

수정 언니가 눈을 쫙 흘기자 새하얀 흰자가 느러났다. 지호가 휘파람을 불면서 딴청을 부렸다. 술판을 벌인 것은 지호겠지만, 수정 언니는 술이라면 버스 타고 집에 가다가도 중간에 내려 돌아올 정도니 서로가 서로를 진심으로 탓하지 않는다는 것은 말하지 않아도 뻔했다. ……그런데, 애인?

"지호 남자친구 있어?!"

뒤늦게 정신을 차린 내가 책상을 탕 치면서 물었다. 배신자에게는 피의 축제를! 그런 생각을 하며 어깨까지 부르르 떨었다. 그러자 지호가 아래턱을 살짝 당기면서 웃었다.

"아니. 남자친구 아닌데."

"어? 근데 방금 애인 있다고…."

"응."

지호의 얼굴에 스무 고개를 하는 것처럼 장난기가 싹 어렸다. 나는 '정지' 스위치를, 그런 게 있다면, 누른 사람처럼 앉아서 눈만 끔벅거렸다. 아주 짧은 침묵이 흘렀다. 칸쵸를 공중에 던져서 받아먹던 수정 언니가 앞니를 부딪치면서 딱, 하는 소리가 났다. 그 소리를 신호로 말문이 트였다.

"너……너, 그……."

어버버거리자, 지호가 시험에 나올 문제를 짚어주는 선생님처럼 명쾌하게 정리했다.

"지금 애인은 여자 맞아."

"지금……?!"

“응. 나 바이 섹슈얼이거든.”

그러면서 지호가 양 손을 구부려 하트를 만들었다. 수정 언니가 지호의 손 사이를 주먹으로 때려 하트를 깨뜨렸다.

“지호, 학교에서 유명한데 몰랐구나.”

수정 언니의 말에 나는 입만 벌리고 있었다. 그야, 그 정도로 살을 찌웠다가 뺐다가, 몸에 요란한 타투를 했다가 지웠다가, 이상한 색으로 염색을 했다가 말았다가 하면 싫어도 눈에 띌 수밖에 없다. 나는 지호와 함께 걷다가 모르는 사람들이 힐끔거리거나, 그다지 친하지 않은 과 친구들이 수군대는 일들을 별 의심 없이 흘려보냈다. 지호의 커밍아웃은 ‘오수정이 소맥을 좋아한다’, 혹은 ‘고인욱이 밥보다 빵을 잘 먹는다’와 같은 정보와는 비교도 안 되는 속도로 퍼져나갔다고 한다. 공 선배 같은 사람들이 지호가 온다! 그러면 호랑이 온다! 처럼 슬슬 피하는 이유를 나는 그제야 납득했다.

“그럼 머리가 짧은 것도 그거 때문이야?”

“아니? 너 그거 편견이다.”

“어……, 미안.”

“그렇게 생각하는 사람은 많지만. 그냥 내 모습 자체가 특정 성별을 의미하는 게 싫어. 누가 나를 보고 여자, 남자,

하고 판단하지 않았으면 좋겠어."

"왜?"

"그게 그렇게 중요해?"

지호가 되물었고 나는 그만 입을 다물었다. 바투 깎은 머리카락 사이로 지호의 소담스러운 귀가 쫑긋거렸다.

"그리고 뭐든지 알 듯 말 듯 한 게 재밌잖아."

지호가 덤덤한 말투로 말했다. 나는 지호를 처음 보았을 때를 떠올리며 재미있었나? 하고 고개를 갸웃거렸다. 아무리 그래도, 상대방의 성별을 '추리'해야 하는 상황은 대부분의 사람들에게 당황스러운 경험이다. 겉으로 보이는 성별과 나이를 문질러 지워버린 지호는 그래서 누구와도 이야기할 수 있었지만 누구에게든 낯선 존재였다. 지호가 첫 번째로 쓴 칼럼은 짧은 머리에 대한 것이었다. 단지 머리가 짧아졌을 뿐인데 세상의 소소하고 무수한 표정이 바뀌었다고 썼다.

"요즘에는 뭐 해?"

"피어싱 할까 생각 중이야. 문제는, 피어싱은 한 번 뚫고 나면 복구가 불가능하다는 거지. 칼럼 쓰려면 할 거긴 한데 난 몸에 바람 통하는 느낌은 싫을 것 같아서. 오랫동안 안 하면 다시 막히긴 한다더라."

"어디 할 건데?"

"혀랑 코?"

"반대."

"나도 반대."

수정 언니와 내가 한 쪽 손을 들면서 정중하게 의사를 표시했다. 지호가 칫, 하고 얼굴을 찌푸렸다. 나는 동아리방 책장에서 지호의 잡지가 꽂힌 부분을 힐끔 곁눈질했다. 그새 꽤 많이 모여 있었다. 지호는 한 번도 칼럼이나 자기가 맡은 기사를 펑크낸 적이 없다.

"근데 너, 그 잡지 되게 열심히 한다."

"편집진이니까. 나 말고 세 명 더 있는데, 망할 놈들이 더럽게 게을러."

"제작비도 네가 젤 많이 낸다며?"

"응. 난 부자니까."

"맞아, 지호 알부자다?"

수정 언니가 맞장구를 쳤다. 언제나 셔츠에 청바지, 스니커즈를 신고 더블 자켓 정도가 전부인 지호가 자기 입으로 부자라고 말하는 장면은 좀 웃겼다. 그러나 농담을 하는 것 같진 않았다. 하긴 지호는 담배 삥을 뜯은 적도 없었고 자주 술값을 제가 결제했다. 책도 제일 많이 사서 보았고 다 읽고 난 책은 동아리방에 쌓아두었기 때문에 책장 지분의 절반은 지호 것이라고 해도 과언이 아니었다.

"난 아빠가 세 명이라서 용돈도 세 배로 받거든."

"……뭐?"

충격적인 사실을 연달아 터뜨려놓고, 수정 언니도 지호도 칸쵸에 그려진 그림을 맞추느라 눈이 사시가 되어 있었다. 눈을 홉뜬 채로 지호가 말을 이었다.

"콩가루 집안이라서 내가 이 모양이라고 말하는데, 그 아빠들은 내가 이미 여자애를 좋아하고 있을 때 생긴 분들이거든. 전~혀 상관없다는 뜻이지."

나는 이 상황에서 유난스럽게 굴면 촌스럽고 꽉 막힌 애처럼 보일 것 같아, 아무렇지 않은 척하려고 무진 애를 썼다. 처음 상경한 이래로 나는 서울이라는 도시가 악수하듯 내미는 손에 번번이 얻어맞으며 문화충격을 받았다. 이를테면 춘삼월에 땅콩만한 눈이 펑펑 내리거나, 이성 친구들끼리 성을 붙이지 않고 인욱아, 하고 낯간지럽게 부르는 그런 것들. 그런 풍경에 좀 익숙해졌다고 자만했더니, 이건……핵폭탄 급이다.

"재혼……?"

"재혼인가? 모르겠다. 두 번째 아빠까지는 혼인신고를

했던 것 같은데 그 이후는 몰라."

"하, 한 명만 있어도 피곤한데, 넌 세 배로 골치 아프겠네."

"뭐, 괜찮아. 다 같이 사는 건 아니니까. 아빠가 세 명이다보니까 가끔 친척들이 누구 쪽인지 좀 헷갈리는 거랑, 자기들끼리 싸우다가 나한테 누가 제일 좋냐고 물어볼 때 빼면."

그럴 땐 진짜 징그럽다니까, 하면서 지호가 고개를 저었다. 당황하는 내가 이상할 만큼의 자연스러움이었다. 나는, 지호를 처음 보았을 때 느꼈던 낯선 느낌이 비단 그 애의 모호한 성별 때문만이 아니라는 것을 그제야 눈치 챘다. 지호는 내가 지금까지 한 번도 보지 못했던 형태의, 매끄럽고 윤기 나는 당당함을 공기처럼 몰고 다녔다.

나는 나이가 들면서 자식들에게 뒤늦은 구애를 펼치는 아빠들에 대해 진저리를 치는 두 사람을 쳐다보다가, 엉덩이를 떼고 일어났다. 지호가 꽂아놓은 잡지는 한 뼘이 조금 안 되는 넓이로 책장을 차지하고 있었다. 갑자기 지호를 이해하려면 이 잡시를 몽땅 읽어야 할지도 모른다는 생각이 들었다.

# 3
# 무이자 대출

시장을 보느라 시간이 오래 걸렸다. 나는 내 또래의 애들이 몰려 있는 라면 코너와 햄 코너, 즉석 식품 코너를 지나쳤다. 빵과 씨리얼 코너도 그냥 지나갔다.

나는 부엌이 따뜻한 집에서 자랐다. 할머니가 그랬고 엄마가 그랬다. 두 사람은 마치 짠 것처럼 청소와 세탁에는 소질이 없었지만 음식 취향이 비슷했다. 함께 장을 보러 가는 두 사람은 시어머니와 며느리라기보다는 나이 차이가 많이 나는 자매 같았다. 고물상처럼 물건들이 어지럽게 널린 집에서, 나는 딸기 꼭지를 따는 것으로 봄을 시작했다. 아직 솜털이 보송보송한 맨팔을 드러내고 주저앉아 조그만

과도로 딸기 10킬로그램의 꼭지를 따고 나면 손끝이 불그레해졌다. 커다란 냄비 앞에서 주술을 거는 마녀처럼 커다란 나무 주걱으로 도토리묵을 젓고, 바지락을 씻고, 더덕을 두들기고, 옥상에서 무청을 말렸다. 얼었다 녹았다 한 무말랭이를 무쳐서 밥을 먹고 닭에게 쪼이면서 계란을 꺼냈다. 그러는 동안 나는 쑥쑥 자랐고 가슴보다는 배가 좀 더 나온 체형을 갖게 되었다. 그 기억은 내 혀와 입술과 손바닥에 남았다.

자취를 시작하고 내가 처음 만든 반찬은 개나 소나 한다는 참치 김치찌개도, 계란 후라이도 아닌 양배추 나물이었다. 참기름에 다진 마늘을 넣어 볶다가 잘게 썬 양배추를 넣고 어느 정도 숨이 죽을 때까지 볶는다. 그리고 멸치 다신 물을 자작하게 부어 끓이면 부드럽고 달달한 양배추 나물이 완성된다. 나는 한상 간소하게 차려놓고 밥을 먹으며, 이제부터는 누군가의 도움이나 희생 없이 온전히 내가 나를 돌보아야 한다는 사실을 실감했다. 스스로 입에 넣을 것을 만들고 치워야 했다. 그것은 생각보다 쉽지 않지만 꼭 필요한 일이었다.

유전인지 뭔지는 모르겠지만 역시 청소와 세탁에는 재능이 없는 내가 육첩방을 엉망으로 어질러놓은 채 부엌에서 종종거릴 때 전화벨이 울렸다. 집전화는 하루에 딱 한 번 울린다. 시간은 안 봐도 밤 10시, 이쯤 되면 자동 알람이 따로 없다.

“여보세요.”

—그래. 언제 들어왔노?

“아까요.”

—일찍 일찍 다니라.

“네에. 일찍 들어왔어요.”

이쯤 되면 대답을 녹음해서 틀어놔도 무방할 정도다. 나는 건성으로 전화를 받으면서 마늘과 브로콜리를 볶던 프라이팬의 불을 낮췄다.

—밥은.

“먹었어요.”

—뭐 먹었노.

“멸치볶음이랑 깍두기랑 콩나물국이요.”

—풀때기만 먹지 말고 고기 좀 사무라. 돈 더 보내줄까?

“……아뇨, 용돈 아직 있어요.”

아빠는 언제나 고기를 먹으라고 말한다. 사실 ‘타향살이’의 어려움은 신선한 채소가 부족하다는 데 있다. 고깃집은 교회만큼이나 많았고 외식을 하면 어떤 음식이든 육류가 끼어 있다. 『채식주의자』에서처럼 완고하게 고기를 거부하지는 않지만—한강의 소설은 종종 먹는 것에 대해서 종교의 교리에 가까운 죄책감까지 느끼게 한다—하도 고기 먹을 기회가 넘쳐나니 자연스레 질렸다. 질리고부터는 육식과 채식에 관련된 책을 번갈아 읽었다.

—공부는 잘 되나.

"그냥 그래요. 워낙 잘하는 애들이 많아서."

—일찌감치 전과하든가 해라. 프랑스 보내달라는 소리 할 생각 말고.

"네, 네."

오늘따라 아빠의 말이 길다. 탐탁찮아 하는 나의 전공까지 끄집어내는 걸 보니 진짜 하고 싶은 말은 따로 있는 것 같다. 그 낌새를 채고부터 나는 인내심 있게 기다렸다. 가시나는 외국 보내는 게 아인데, 하고 츳 혀를 차던 아빠가 마침내 본론을 꺼냈다.

—현주가 귀국했다.

볶은 야채를 옮겨 담던 손이 헛나갔다. 누구?

"고모요?!"

—그래.

"어, 진짜요?! 진짜로?! 언제 왔는데요? 내한테 연락도 안 하고!"

—내가 못하게 했다. 니 공부한다고 바쁘다꼬.

공부한다고 바쁜 딸은 아빠의 환상 속에만 있소. 나는 속으로 중얼거렸다. 딸이 세상에서 가장 쓸모없는 문학회에 들었다는 말을 들으면, 그 안에서도 엑기스만 모인 소설 창작 스터디에 들었다는 말을 들으면 아빠는 뒤로 넘어갈 게 뻔하다.

"고모 바꿔주세요, 빨리!"

—잔다. 시차적응인지 개똥인지.

"건강해요? 잘 갔다 왔어?"

—흥, 가시나가 영화는 무슨. 지 맘대로 까불다가 쪽박 찼재. 이번에는 꼭 치아삐야지, 지도 나이가 있는데 언제까지 버틸라고.

그 이후로부터는 내가 전혀 궁금하지 않은 이야기들이었다. 나는 숨을 깊이 들이마신 채 아무 말도 하지 않았다. 전화를 끊은 후 나는 그릇에 옮겨 담다가 쏟아버린 야채를 쓸어 담으며, 막내 고모의 얼굴을 떠올렸다.

고모를 마지막으로 본 것은 4년 전이다. 어스름한 새벽이었다. 나는 손바닥에 흥건한 땀을 잠옷 바지에 문질러 닦으면서 조심스럽게 방문을 땄다. 문이 열리자 고모가 해사하게 웃었다. 푸른 공기 속, 눈썹이 없는 얼굴은 기이했다. 고모는 내 머리를 쓱쓱 쓰다듬으며 고마워, 하고 속삭였고 일찌감치 싸두었던 커다란 가방 하나를 메고 나왔다. 나는 내 운동화를 내밀었다. 고모에게 그 운동화는 조금 컸지만, 고모의 모든 신발은 아빠가 진작 갖다 버렸기 때문에 달리 선택의 여지가 없었다. 고모가 운동화를 신었고 나는 쪼그리고 앉아 운동화 끈을 단단하게 졸라맸다. 고모가 내 뒤통수를 내려다보는 것이 느껴졌다. "자, 끝." 고모는 문을 열고 나가기 직전 나를 가볍게 한 번 안았다. 아파트 계단에 고모의 발걸음 소리가 울려 퍼졌다. 나는 고모가 갇혀 있던 방으로 들어가서 창밖을 내다보았다. 아파트 단지 바깥으로 고모가 달려가는 것이 보였다. 시간은 딱 알맞았다. 큰길 쪽에서 공항 리무진이 헤드라이트를 빛내며 달려오더니 이내 고모를 싣고 사라졌다. 찬바람이 얼굴을 때렸다.

내가 제일 아끼는 운동화는 바닥이 폭신하고 볼이 넓었다. 체력장을 하느라 운동장을 다섯 바퀴 넘게 뛰어도 발목이 하나도 아프지 않았다. 그 운동화를 신고 고모가 멀리, 더 멀리 가기를 나는 간절히 바랐다. 아침에 일어났을 때 고모가 도망친 것을 알아챈 집은 발칵 뒤집혔고, 나는 종아리에 피가 맺히도록 매를 맞았다. 그쯤은 익숙했다. 한동안 고모를 볼 수 없다는 사실이 실감났고, 그게 아파서 나는 입을 벌리고 엉엉 울었다.

혹시?

문득 어떤 생각이 머리를 스치고 지나가, 컴퓨터를 켜고 인터넷을 연결했다. 중학교 때 쓰던 이메일 계정은 비밀번호가 생각나지 않아서 몇 번이나 접속에 실패했다. 아이돌 가수의 이름이 영문으로 들어간 그 이메일 주소는 어느 정도 머리가 굵어지고부터 창피해서 쓰지 않던 터였다. 하지만 고모가 알고 있는 유일한 내 이메일 주소가 그거였다. 간신히 로그인에 성공했다. 메일함은 스팸 메일로 터져나가기 직전이었다. 여대생이 뭘 보여준다는 제목의 메일이 대부분이었는데, 나도 여대생이라 하나도 안 궁금했다. 남자 대학생이 뭘 보여준다면 클릭할 마음이 충만한데 말이다. 두근거리는 마음으로 메일함을 뒤지던 나는 최근 목록에서 딱 멈췄다.

—인아, 잘 지냈나?

활자가 끙, 하고 일어나더니 귓가에서 속삭였다. 내 이름의 마지막을 떼서 부르던 부드럽고도 억센 억양.

고모였다.

"고모가 돌아왔다고?"

"응. 이번 주말에 나 만나러 서울 온대."

"영화 공부한다고 도망갔다던 막내 고모?"

"기억하네?"

"금의환향했나 보다. 유학 못 가게 눈썹까지 밀었다며?"

지호가 눈썹을 손끝으로 쓱쓱 문지르며 말했다. 고모가 돌아왔다는 소식을 처음 들었을 때는 나 역시, 고모가 국제적인 상을 받았거나 드디어 데뷔를 했다거나 하는 이야기를 기대했다. 하지만 아빠의 빈정거림 어디에도 그런 식의 성공담은 없었다. 아빠는 차라리 고모가 빈손으로 돌아온 것을 다행으로 여기는 기색이었다. 얼마간 고소해하는 것 같기도 했다. 나는, 그 모든 것을 고모에게 직접 듣기로 결심했다. 고모가 보낸 메일은 짧고 간결했다. 언제, 몇 시, 서울역에서 만나자.

"영화 공부면 프랑스? 잘됐네, 너 불어 과외 좀 해달라고 그래."

"프랑스 아냐. 인도야."

나는 고모가 타주던 짜이를 떠올렸다. 이게 인도식 밀크티다. 인도 사람들은 이걸 많이 마신다. 차와 우유를 섞은 그것을 처음 마셨을 때 입 안에 온통 낯선 향이 들어찼다. 나는 인상을 찡그렸지만 얼마 지나지 않아 고모와 함께 짜이를 물처럼 마시고 인도 영화를 보고 이마에 점을 찍으며 놀았다. 아빠는 내가 어릴 때 두바이에서 오랫동안 파견근무를 했다. 나는 주로 시골의 할아버지 댁에서 지냈고 막내 고모와 함께 자랐다. 막내 고모는 늦둥이였는데 나보다 12살이 많아서 꼭 띠동갑이었다.

"너네 집도 어지간하네. 요즘 같은 시대에 유학 좀 가겠다는데 눈썹을 다 밀고."

"그런 집 의외로 많다, 너. 나도 아빠 몰래 우리 학교 원서 넣은 거야. 발표 나기 직전까지 내가 부산대 넣은 줄 알다가 집이 발칵 뒤집어졌다는 거 아니냐. 어쩔 거야, 삼수는 못 시키겠으니까 보내주더라고."

"한 방 먹였네. 재수도 일부러 한 거 아냐?"

지호가 눈을 가늘게 뜨며 웃었다. 나는 집 근처의 대학에 붙었지만 떨어졌다고 말했던 때를 생각하면서 웃었다.

"할 수만 있으면 자기들이 서울로 이사 왔을걸. 회사 때문에 그게 안 되니까 자취방에다가 집전화도 설치해주더라. 10시에 통금 확인 전화 와."

그때 인욱이 양 손에 커피를 하나씩 들고 문을 발로 차서 열고서 들어왔다. 지호가 어깨를 으쓱거리며 말했다.

"원거리 판옵티콘이네. 안 되겠다, 너도 나랑 같이 꼴페미 운동할래?"

"……어?"

무슨 운동?

잘못 들었나 싶어 고개를 쳐들었지만 지호는 눈 하나 깜짝하지 않았다. 나는 지호가 연재하는 칼럼이라든가 평소의 글을 통해서 그 애의 성향을 어느 정도 파악하고 있다고 생각했다. 그래, 입 밖에 내는 순간 '못된 거'가 되는 바로 그…….

"몰랐냐? 지호, 자칭 페미니스트잖아."

커피를 마시면서 인욱이 낄낄거렸다. 맞다. 우리 아빠가 호환마마나 인신매매보다 무섭다고 생각하는 그거.

"우리나라에 그냥 페미니스트가 어디 있어, 다 꼴페미지."

지호는 귤을 까서 입에 집어넣으며 그렇게 말했다. 귤 냄새가 허공에 톡 터졌다. 가능한 모든 혐오와 불쾌를 눌러 담고 비하의 의도를 시럽처럼 뿌린 그 단어를 그토록 명랑하게 발음한다는 것이 낯설었다.

"자매품으로는 된장녀, 된장남이 있다. 그냥 커피를 좋아하는 사람은 있을 수 없으니까."

지호가 인욱을 가리키자 인욱이 짜증을 냈다. 그 모습에 나도 모르게 웃음이 새어 나왔다.

"인욱아, 새로운 소식이 있다! 정인이 고모가 귀국했대. 할아버지가 눈썹 밀었는데 정인이가 문 따줘서 도망간."

"아아, 기억난다. 네가 쓴 콩트의 모델?"

나는 고개를 끄덕였다. 그때 인욱은 내가 쓴 것을 갖고 너무 흔하다고 비난했고 나는 거기에 울컥해서, 고모 이야기를 했다. 누군가에게는 전혀 새로울 것 없는 픽션이라도 누군가에게는 삶 전체를 좌지우지하는 중요한 사건이라고.

고모는 현관문을 나서기 전에 내 어깨를 가볍게 감싸 안았다. 갇혀서 며칠 동안 씻지 못한 고모에게서는 시큼털털한 냄새가 났다. 그것은 내게 짜이나 인도 영화와 함께 오랫동안 그리움의 물리적 형태로 새겨졌다. 내 콩트에서 주인공은 이국의 땅에 날갯짓하는 새처럼 내려앉고, 길을 비추는 햇살과 함께 밝은 미래를 암시하며 끝난다. 흔한 결말이지만 그것은 내가 4년 전 그 새벽 이후로 늘 상상해왔던 장면이었다. 조카가 세뱃돈으로 모은 한국 돈 30만 원을 전 재산으로 가진 초라한 이방인이라 해도, 마침내 이 땅을 벗어난 고모에게는 모든 것이 빛이었을 것이다. 그래야 했다. 그 이야기는, 내가 고모를 생각하며 쓴 일종의 부적이었다.

* * *

주말은 더디게 왔다.

서울역은 언제나처럼 드나드는 사람들로 붐볐다. 고모는 핸드폰이 없기 때문에 나는 삼십 분 정도 일찍 도착해서 계속 기다렸다. 전광판을 보니 기차가 연착이었다. 부산발 KTX가……툭하면 연착입니다, 고객님. 나는 나올 리 없는 안내 방송을 혼자 해가며 내리는 곳 앞을 서성였다.

얼마 후 사람들이 개미떼처럼 몰려나왔다. 나는 그 속에서 금방 고모를 발견했다. 달려가 부둥켜안을 줄 알았는데, 굽 높은 구두와 정성껏 세팅한 머리카락이 낯설어 그 자리에 장승처럼 서 버렸다. 고모가 대번에 또각거리는 소리를 내며 달려왔다.

"까꿍!"

고모가 양 손을 얼굴 옆에 활짝 펼치면서 잼잼 시늉을 했다. 스무 살이 훌쩍 넘은 조카에게 이 무슨 부적절한 애교란 말인가. 내가 얼굴이 굳은 채 반응이 없자, 고모는 고개를 이리저리 흔들면서 좀 더 재롱을 부렸다. "정인이, 까꿍? 고모 얼굴 까묵나?" 주변 사람들이 고모를 정신 나간 여자처럼 쳐다봤다.

지난 4년 간 나는 가끔 고모를 생각했고, 이메일을 받은 후로 다양한 재회의 순간을 상상했다. 이렇게 금방이라도 내놓을 수 있게 포장을 마친 선물처럼 화사한 고모는, 무수한 가짓수 중 하나도 일치하지 않았다. 아래위로 맞춰 입은 치마 정장은 척 보기에도 고급이었다. 눈썹이 없는 얼굴로 맨발에 운동화를 신고 달아나던 때의 모습은 어디에도 없었다. 나도 모르게 얼굴이 일그러졌다. 때맞춰 전화벨이 울리지 않았더라면 모른 척 돌아섰을 것이다.

발신 번호는 아빠였다.

—니 지금 현주랑 같이 있나!

전화를 받자마자 귀가 멍멍했다. 얼떨결에 돌아보자, 눈이 마주친 고모가 히죽 웃었다. 그제야 고모의 뒤로 작은 캐리어가 보였다.

—현주 서울 갔재?! 지금 니랑 같이 있재!

나는 목소리를 가다듬고 시치미를 딱 뗐다.

"……아니요, 모르겠는데요. 고모 없어졌어요?"

—니 딱 솔직하게 말해라, 확 고마 니 죽고 내 죽는 수가 있다!

아빠가 길길이 날뛰었다. 이럴 때의 아빠에게는 어떤 말도 통하지 않는다. 하지만 제아무리 화가 나면 물불 안 가리는 서현구 씨라고 해도, 이 거리감을 어쩌겠는가. 이런 순간을 위해서 내가 멀리멀리 달아났다는 생각이 들었다.

“아빠, 나 지금 학원 수업 들어가야 돼서 끊을게요. 고모 없으니까, 내한테 물어보지 마세요.”

나는 거기까지 말하고 바로 전화를 끊었다. 종료 버튼을 누르는 순간까지 아빠의 목소리가 왕왕거렸다. 고모가 재밌어 죽겠다는 눈으로 나를 쳐다보고 있었다. 유난히 반짝거리는 눈 속에 내가 비쳤다.

“고모, 여기 오는 거 말 안 했나?”

“선 보라길래, 알았다 하고 그대로 튀었지. 미용실에 예약도 다 해놨대? 오랜만에 우리 정인이한테 잘 보이려고 비싼 화장 받고 왔다. 예쁘나?”

고모가 집게손가락으로 볼을 꾹 찌르며 물었다. 예쁜 짓~. 눈가에 살짝 잡힌 주름 사이에 파운데이션이 낀 게 보였다. 내가 가장 사랑하는 자리였다. 거침없이 반달로 접히는 그 눈, 돌멩이를 던진 것처럼 퍼지는 웃음의 흔적. 고모와 나는 뒤늦게 얼싸안고 몇 바퀴 빙빙 돈 다음 아주 매운 낙지볶음을 먹었다. 혀끝이 얼얼한 맛이 그리웠다고 수선을 피우며 고모는 마지막에 볶은 밥까지 말끔하게 긁어 먹었다. 그리고 후식으로 나온 수정과를 마시며 오래 떠들었다.

고모는 처음 인도에 간 한 달 동안 내내 빈둥거렸다고 했다. 소똥을 밟으며 영화를 보러 갔고, 나와서는 영화관 앞에 무리를 지어 앉아 있는 꼬맹이들에게 영화에 대해서 이야기해주었다. 하도 갑작스러운 설사를 많이 해서 나중에는 치렁치렁한 치마만 입고 다녔다. 뱃속에서 폭발이 일어나면 벌판에서든 시내 한 구석에서든 바로 엉덩이를 까고 앉되 치마로 가릴 수 있게. 그 대목에서 나는 인상을 찡그렸고 의자 밑으로 소떼처럼 달리는 쥐떼 이야기에 이르러서는 거의 경기를 일으켰다. 고모는 캠코더를 들고 엉덩이를 잔뜩 낮춘 채 쥐들의 기다란 꼬리를 찍었다. 어느 정도 돈을 모은 후에는 그 일을 그만두고 푸나로 갔다. "푸나?" "뭄바이의 동쪽에 있어." 고모가 덧붙였다. "캘커타, 뭄바이, 마드라스, 이 세 군데가 인도영화산업에서 중요한 3축이지." 푸나에는 국립영화학교가 있다. 고모는 오랫동안 기차를 탔고 그러는 동안 두어 번 푼돈을 넣어둔 지갑을 소매치기 당했다.

"그래서, 거기서 공부한 거가?"

나는 두근거리는 심장을 억누르면서 물었다. 고모는 대답 대신 그냥 눈으로 웃기만 했다. 고모는 혼자서 힌디어를 공부한 지 오래되었다. 웬만한 인도 영화는 자막 없이 볼 수 있었고 인도인들의 영어 억양을 흉내 내는 데 탁월한 재능이 있었다. 그걸로 신입생 환영회 장기자랑에 나가서 1등도 했다. 힌디어도 잘하고 무엇이든 잘 먹고 베개에 고개를 붙이는 즉시 잠드는 고모를 나는 알고 있다. 그러니까, 인도가 아닌 그 어디에서라도 괜찮았을 것이다. 나는 더 이상 묻지 않기로 했다.

"선 보는 척 나왔다면서 가방은 어떻게 들고 왔노?"

"언니가 챙겨주드라. 오빠가 들어가자마자 내 짐부터 뺏을 줄 알고 미리 빼돌려 놨재. 흐흐, 그 안에 든 건 다 필요 없는 건데. 제일 먼저 이거부터 챙겼다."

고모가 불그레한 입가를 닦아내면서 나에게 종이봉투에 싼 것을 내밀었다. 선물이야, 하길래 풀어보니 작은 손거울이었다. 뚜껑을 여닫을 수 있는 손거울의 겉에는 아무렇게나 그린 것이 분명한 코끼리가 그려져 있었다.

"비싼 기다. 핸드메이드!"

물감이 엉망으로 번진 거울은 커팅이 삐뚤빼뚤해서, 대칭도 맞지 않았다. 이렇게 온몸으로 핸드메이느라는 걸 외치다니, 그리고 그걸 선물이랍시고 덜컥 사오다니, 어지간히 고모답다고 생각했다.

"얼만데?"

"200루피."

"2000원이다 아이가! 누굴 바보로 아나."

고모가 인상을 찌푸렸다.

"니 진짜 이제 뺑이 안 통하네. 하나도 안 귀엽다."

그리고서 고모는 내가 그동안 어떻게 지냈는지, 요즘 많이 먹는 음식은 무엇인지, 연애는 하고 있는지 캐물었다. 나는 대부분의 대답에서 고모를 실망시켰는데 특히 남자친구가 없다는 대목이 그랬다. 자기도 없으면서 어찌나 놀리던지, 이게 사는 건가.

나는 '승강이'에 대해서 말할까 말까 망설였다. 고모라면 비밀을 지켜주겠지만 누군가에게 내가 소설을 쓴다고, 정확히는 소설을 쓰려고 어떤 행동을 하고 있다는 것을 말하자니 영 쑥스러웠다. 문학회 사람 중에서도 그 사실을 아는 사람은 몇 없었다. 고모라면 누구보다 나를 응원해주겠지만. 고모가 시나리오를 썼던 연습장이 갈갈이 찢기던 풍경은 아직도 눈에 선하다. 종잇장이 나비처럼 날아다녔다. 고모가 소중히 모았던 비디오와 DVD가 아파트 분리수거함에 처박혔던 날 고모와 나는 밤손님처럼 계단을 오르내리며 그것들을 다시 주웠다. 할아버지가 컴맹이었기 때문에 컴퓨터 속에 모아둔 영화 파일이 무사했던 게 그나마 다행이었다. 고모가 도망친 이후 한동안 할아버지는 인도의 '인' 자만 나와도 텔레비전을 꺼버렸고 한 2년 동안은, 동네 영화관 앞을 지날 때는 고개를 꼬고 걸었던 것 같다.

그 상황을 뻔히 알 텐데 고모는 왜 들어왔을까. 금의환향도 아니면서, 아빠의 표현을 빌리면 수학여행을 갔다 돌아온 것처럼 태연스러운 얼굴로 현관문을 열어야 할 이유는 무엇이었을까.

"고모, 잘 데는 있나?"

"응?"

"내가 재워줄게. 우리 집 가자."

"아아, 아이다. 내 제주도 간다. 이따가 인천에서 배 타야 된다."

고모가 시계를 들여다보면서 말했다. 제주도?

"강정마을을 찍으러 갈 끼다. 인도에서 기사 보자마자 바로 올라고 했는데, 비행기 값이 모자라서 인자 왔다."

그리고 미련 없이 자리를 털고 일어났다. 저녁에 출발하는 배는 한 숨 자고 나면 제주도에 도착해 있을 거라고 신이 나서 떠들어댔다. 제주도는 부산에서 더 가까울 텐데 왜 서울까지 왔냐고 물었더니, 고모가 나를 쳐다보면서 말했다.

"왜는, 니 보러 왔지."

그러면서 씨익 웃었다.

"건강해서 다행이다. 그래도 크니까 쪼~끔 더 이쁘네."

우리는 마트에 들러서 고모가 편하게 입을 고무줄 달린 추리닝과 운동화를 샀다. 고모는 자기가 입고 있던 옷과 구두를 봉투에 담아 나에게 건넸다. 나는 고모보다 키도 크고 발도 컸기 때문에 아무 쓸모가 없었지만 받았다. 고모는 내가 추리닝과 운동화의 값을 치르는 동안 조금 수줍어했다.

"니한테 그때 돈 빌린 거도 갚아야 되는데."

"괜찮다. 무이자 대출이니까 출세하면 갚아라."

"빈말로라도 그냥 줬다는 말 안 하네."

"까뭇나? 내 서현구 딸이다 아이가. 세상에 공짜가 어딨노."

고모와 나는 버스를 두 번 갈아타고 인천 여객선 터미널까지 함께 갔다. 오래 걸렸다. 가는 동안 금방 해가 저물어서 세상이 어둑어둑했다. 나는 새까만 창문에 비치는 고모의 얼굴을 하나하나 뜯어보았다. 뺨에는 못 보던 흉터가 있었다. 화장으로 정교하게 가렸던 그것은 시간이 지나면서 점점 더 뚜렷하게 보였다. 인도에서 어떤 생활을 했길래 서른 살이 넘은 여자가 얼굴에 저렇게 큰 흉터를 얻었을까.

나는 가만히 그 흉터를 손끝으로 더듬어보았다. 깊이 팬 요철이 느껴질 정도였다. 그러거나 말거나, 고모는 얼굴이 부어서 눈을 못 뜰 정도로 잘 잤다.

배를 타러 가기 전 고모는 가방에서 카메라를 하나 꺼냈다. 영화학도치고는 엄청나게 낡은 필름 카메라였다. 내게 어깨동무를 하더니 팔을 저만치 뻗었다. 펑! 디지털 카메라가 보급된 이후 꽤 오랜만에 보는 플래시가 터미널 안에 터졌다. 하나 둘 셋도 안 하고 사진을 찍은 고모는 내 엉덩이를 토닥토닥 두드리더니 캐리어를 끌고 탑승구 쪽으로 사라졌다. "전화할게!" 그렇게 웃으면서 손을 흔들었다. 고모에게 '승강이'에 대해서 말하지 않은 것이, 소설을 쓰고 싶다고 말하지 않은 것이 그제야 후회가 되었다.

* * *

집에 돌아왔을 때 나는 고모가 하룻밤도 머물지 않고 떠난 이유를 대번에 알 수 있었다. 문 앞에 아빠가 있었다. 고모의 도주를 알아채고 가장 빠른 기차를 예매한 게 분명했다. 달려라 아비! 내가 소중하게 안고 있던 고모의 옷과 구두가 결정적인 증거였지만, 그러나 이렇게 빨리 다른 곳으로 도망갈 줄은 또 몰랐을 것이다. 아빠나 고모는 누가 남매 아니랄까봐 행동력 하나는 끝내준다. 엄마가 괜히 '톰과 제리'라고 부르는 게 아니다. 아빠와 눈이 마주치자마자 불이 번쩍했다.

"이기, 어데 아빠한테 거짓말이고?!"

문 앞에서 오랫동안 기다려서 분노가 무르익을 대로 무르익은 아빠가 버럭 소리를 질렀다. 얻어맞은 뺨이 화끈거렸다. 나는 문득, 아빠가 외로워 보인다는 생각을 했다.

"현주 어데 갔노!"

"몰라요. 영화 찍는다꼬 기차 타고 다시 갔다. 내랑은 밥밖에 안 먹었다."

말이 끝나기도 전에 아빠가 내 품에 있던 봉투를 집어던졌다. 나를 안 집어던진 게 다행이라면 다행이었다. 비싸게 주고 샀을 옷과 구두가 힘없이 날아가 벽에 부딪히더니 계단으로 데굴데굴 굴러 떨어졌다.

"가시나들이 하나같이 헛바람이 들어갖고, 응, 니도 학교 때리치아라! 당장 짐 싸서 내려갈 준비해라!"

아빠는 언제든 내가 문제를 일으키면 집으로 끌고 가겠다고 엄포를 놓았다. 나는 눈을 내리깐 채 꿈쩍도 하지 않았다. 오늘 밤만 버티면 된다. 지금 이 시간만. 아빠는 호기심 어린 눈으로 이 모든 상황을 조망하는 이웃들에게 뭐요, 구경 났소? 하고 쏘아붙인 후 나와 함께 집으로 들어왔다.

아빠에게는 두 개의 자아가 있었다. 거칠게 표현하자면 그랬다. 누군들 안 그렇겠느냐마는, 자기가 옳다고 생각하는 가치관과 고집으로 똘똘 뭉친 서씨 집안 장남과 교양 있는 핵가족의 이상적인 아버지가 서로 엎치락뒤치락했다. 내가 서울에 있는 대학에 지원했을 때는 아빠의 그런 면이 더욱 빛을 발했다. "어데 가시나를 멀리 보내노!" 버럭 소리를 질렀던 아빠는 다음 순간 곧바로 눈이 약간 멍해지더니, 하기사 사람은 나면 서울로 보내라 카든데, 요새 세상에는 딸내미라도……하고 말을 흐렸다. 아수라 백작을 보는 것처럼 재미있는 풍경이었다. 그 정도가 나에 대한 아빠의 마지노선이었다면, 어떻게 해도 할아버지의 손아귀에 들어오지 않던 고모에 대한 분노는 고스란히 물려받은 것 같았다.

다음날 일어나니 계단에 팽개쳤던 옷과 구두는 누가 주워가고 없었다. 나는 부은 뺨을 얼음으로 찜질하면서 짐을 쌌다. 이런 식으로 부산에 끌려간다 해도 딱히 상관은 없다. 다만 스터디가, '승강이'가 마음에 걸렸다. 지호는 내가 고모와 만난 이야기를 기대하고 있을 것이다. 고모를 잡지에서 인터뷰할 수 있겠냐고 들떠서 묻기까지 했다.

그리고 또……, 이번 주는 인욱이 단편소설을 갖고 오기로 한 차례다. 구상단계부터 인욱이 내게 도움을 요청해서 경상도 사투리나, 여자들이 화장하는 순서, 미용실에서 맞닥뜨리는 상황 같은 자질구레한 자료 조사를 도왔다. 나는 그 흩어진 조각들이 어떻게 하나의 완성된 덩어리로 나타나는지 보고 싶어 안달이 난 채였다.

아빠가 화장실에서 나오면서 내가 싸놓은 짐을 보고 말을 걸었다.

“짐 싸나.”

“…….”

고모의 방문을 딴 이후로 나를 때린 게 처음이라 아빠는 당황하는 기색이 역력했다. 아무리 화가 나도 ‘다 큰 딸자식한테 손찌검하는’ 몰상식한 아버지가 되고 싶지는 않았던 것이다. 나는 일부러 부은 뺨이 보이게 움직여가면서 짐 싸는 시늉을 했다.

“그라니까 와, 거짓말을 해가지고. 그냥 그때 현주를 딱 잡고 있었으면 될 거 아이가. 그 선자리가 얼마나 힘들게 만든 긴데, 그리 사고를 치고.”

아빠는 말끝을 흐렸다. 할아버지와 아빠에게는 ‘마지막

남은 똥차', 그러니까 나이가 서른을 넘었는데 직업도 없고 인도에서 돌아올 생각을 안 하는 고모의 결혼이 일생일대의 숙제였다. 최선을 다해서 가장 좋은 상대를 찾았을 것이다. 그 번듯하고 훌륭한 맞선 자리의 유일한 비극은 고모가 한 번도 그것을 원한 적 없다는 사실이다. 4년 만에 돌아온 고모를 보자마자 바로 호텔의 레스토랑에 예약을 잡고 미용실에 처넣지 않았더라면 아빠가 이 시간에 고모와 추격전을 벌일 필요도 없었다. 단 한 번이라도, 고모의 말을 들었을까. 그 목소리가 닿기는 했을까.

"……때린 건 미안하다."

나는 말없이 양말을 신었다. 그때나 지금이나, 아픈 건 맞아서가 아니다. 아빠는 여전히 모르고, 나는 아직도 말하지 못한다.

"……근데 니, 지금 내려가면 수업은 우짤끼고?"

아빠가 스마트폰으로 기차 시간을 확인하다 말고 물었다. 시계를 힐끔 보니 오전 수업은 이미 다 날렸다. 나는 심드렁하게 대꾸했다.

"전부 F 받지요 뭐."

"싹 다 F 받으면 우찌 되는데?"

"학사경고 받고 퇴학요."

수업의 절반 이상을 들었고 중간고사도 쳤기 때문에 모두 F가 뜰 리 없고, 학사경고는 두 번 이상 받아야 퇴학이었지만 나는 그 부분을 쏙 빼고 말했다. 아빠의 얼굴이 굳었다. 퇴학이라니! 그 단어는 곧 낙오의 상징이자, 자존심에 똥물 튀기는 대형 사고였다. 지금 내려가면 방학도 아닌데 내려온 나에 대한 소문이 동네에 파다하게 퍼질 것도 분명했다.

얼마간 맹렬하게 머리를 굴리던 아빠는 결국 나를 끌고 가는 것을 포기했다. 그럴 줄 알았다. 나는 적당히 싸다 만 짐을 다시 풀었다. 아빠는 혼자서 내려갔다. 서울역에서 기차를 타면서 아빠는 내 호주머니에 오만 원짜리를 두어 장 찔러 넣었다. 기차가 출발한 후 바로 엄마에게서 전화가 왔다.

—아빠 갔다꼬?

“응.”

—고모는 잘 피했재?

“완전 아슬아슬했다. 내가 고모한테 자고 가라고 했는데, 그랬으면 얄짤 없이 잡혔다이가.”

—하이고, 내 말이. 딱, 선 보러 안 왔다고 전화 온 그 순간 바로 내한테 서울 가는 차표 끊으라카대. 매진돼서 없다

고 뺑 치고 최대한 늦췄다 아이가. 아가씨 완전 경칠 뻔했네.

"내 빰 맞았디. 엄청 오랜만에."

—안 그래도 그 말 하드라. 이십 년을 키워도 니 속을 모르겠다고.

나는 엄마와 통화하면서 킬킬거렸다. 아빠가 이번 가족 여행은 제주도로 가자고 하던데 살살 꼬셔서 바꿔야겠다, 뭐 그런 이야기를 했다.

# 4
# 고환학생입니다

기말고사가 한창일 때 지호는 누가 우리 스터디에 새로 들어오고 싶어한다고 말했다. 그때 나는 불문과의 전공 시험에 살과 뼈를 깨끗하게 발리는 기분으로 임하고 있었기 때문에 그 말을 귀담아 들을 정신이 없었다. 무작정 좋다고 했다. 그때는 그 무심한 대꾸가 어떤 결과를 몰고 올지 상상도 못했다.

"교환학생이라고? 그럼 외국인?!"

"응. 미국인. 내가 말했잖아?"

당황하는 걸 보니 인욱도 지호의 말을 한 귀로 듣고 흘린 게 분명했다. 겨울방학에는 동아리방의 난방이 끊기기 때문에 우리는 학교 앞에 있는 허름하고 커피값이 싼 카페에서 모인 참이었다. 나는 마른 침을 삼키며 지호의 손을 잡았다.

"장난 아니고, 나 외국인 공포증 있어. 알지? 불문과에서 '서정인'은 공식 멍청이라는 거. 파란 눈만 보면 손 떨려."

지호가 내 손을 마주 잡으면서 해맑게 웃었다.

"걱정하지 마, 걔 눈 갈색이야."

갈색이든 노란색이든 빨간색이든! 안 되는 건 안 돼! 내가 길길이 날뛰었지만 늦어도 한참 늦었다. 지호가 벌떡 일어나더니, 카페의 문을 열고 들어온 남자를 향해 손을 흔들었다. 현실감이 해일처럼 밀려들었다. 나는 마른 침을 삼키면서 인욱을 쳐다보았다. 한창 토익 삼매경에 빠져 있으니 오히려 네이티브의 출현을 반길지도 모른다고 생각했는데 웬걸, 테이블이 덜그럭거렸다. 인욱이 신경질적으로 한 쪽 다리를 떨기 시작한 것이다.

"안녕하세요."

"어, 네, 안녕하세요."

지호가 권하는 내로 앉으며 남사가 번서 한국어로 인사를 건넸다. 의외였다. 인욱과 나는 긴장한 탓에 합창하듯 안녕, 하고 말했다. 남자가 목도리를 풀자 얼굴이 드러났다. 혼혈이었다. 백 퍼센트 외국인보다, 더 당황했다. 옅은 갈색 눈동자가 나를 똑바로 쳐다보자 지호가 내 말이 맞지? 하는 얼굴로 의기양양해했다. 쑥 내민 턱이 그렇게 밉상일 수 없었다.

"자, 강. 먼저 소개부터 해줄래?"

"오케이, 알았어요. 나는 Terrence Kang입니다. 미국, 샌프란시스코에서 왔어요. 고환학생입니다."

강이 한 음절 한 음절 힘을 주어가면서 말했다. 나는 테이블 밑에서 탈수 모드의 세탁기처럼 떨어대는 인욱의 한쪽 무릎을 철썩 때렸다. 그 바람에 '고환학생'에 웃을 타이밍을 놓쳤다. 어, 너무 외설적인 학생 아닌가. 나는 자꾸 올라가려는 입술 끝을 꾹 눌렀다. 허리를 꼿꼿하게 세우고 앉은 강은 조금 긴장한 듯 미소를 띠고 있었다.

"우리가 붙인 전단지를 봤대. 그래, 작년에 붙인 거. 세상에, 그게 아직도 붙어 있더라니까. 학회 포스터 뒤에 껴서."

지호가 말했다. 전단지? 내가 속삭이자, 인욱이 작게 대꾸했다. 사람이 하도 없어서 소설 창작 스터디 모집이라고 전단지 붙인 적이 있다고 했다. "한 명도 안 왔는데 왜 이제야!" 그 속삭임 사이로 강이 끼어들었다.

"엄마, 미국인입니다. 아빠, 한국인입니다. 나는 한국 온

지 삼 달, 삼 달? 됐습니다."

삼 달은 아마도 석 달을 뜻하는 것 같다. 어린아이 같은 말투와 팔뚝의 굵직한 문신이 참 안 어울렸다. 그 부조화는 어딘가 낯이 익다 했는데, 수업시간마다 초보 회화를 더듬거리는 내 모습이 바로 거기 있었다.

인욱이 용기 있게 나섰다.

"강, 만나서 반가워요. 나는 고인욱이에요."

"이누?"

"아니, 인욱."

"아아, 이—눅."

강은 힘겹게 인욱의 이름을 발음했다. 그냥 '고'라고 알려주는 게 더 편할 것 같다고 내가 속삭이자 지호가 킥킥 웃었다. 인욱이 다시 말했다.

"어, 관심을 가져줘서 고맙긴 한데. 우리는 한국말을 공부하는 모임이 아니에요. 잘못 찾아온 것 같네요."

직구였다. 강이 눈동자를 이리저리 굴렸다. 인욱은 태연해 보였지만 속마음을 그대로 대변하는 다리 한쪽을 다시 떨기 시작했다. 달달달. 달달달. 테이블 위에 올려둔 커피가 출렁거려 나는 잔을 꽉 잡았다.

"……네?"

뒤늦게 반문한 강은 그럼에도 인욱의 눈을 똑바로 보고 있었다. 원체 다른 사람과 눈을 맞추는 법이 없는 인욱은 테이블 모서리를 바라보면서 또박또박 같은 말을 반복했다. "아, 한국말, 공부. I know." 영어로 입을 뗐던 강은 파랗게 질리는 인욱의 얼굴을 보고 입술을 축이더니 다시 천천히 한국어로 말했다.

"알아요. 나는 소설 쓰려고 와쓰밈다."

"……네?"

인욱과 내가 동시에 합창했다. 처음으로 호흡이 맞고 있었다. 소설을 쓰고 싶다고? 설마 영어로 된 소설을 쓰겠다는 뜻은 아니겠지? 그럼 쟤가 한국어로 쓰겠냐, 자기소개도 버거워 보이는데? 아니, 우리 학교에 널린 게 영어 작문 동아리인데 왜 거길 안 가고? 걔네가 눈 뒤집으면서 좋아할 텐데? 눈으로 하는 대화가 우리 세 사람 사이를 오갔다. 만화였다면 파바박 튀는 불꽃이 보였을 치열함이었다. 그러는 사이 카페의 종업원이 메뉴판을 갖다놓고 사라졌다.

"아—메리카, 노?"

강이 한글이 빽빽한 메뉴판에 코를 박고 한 글자씩 읽었다. "한글도 5세 수준이잖아!" 인욱이 입을 벙긋거렸다. 그 애가 누군가의 눈치를 보면서 목소리를 죽이는 것만 해도 드문 일인데, 하도 절박해보여서 나는 결국 웃음을 터뜨리고 말았다. '고환학생'에서부터 참아온 탓에 쉽게 멈추지 않았다.

"아하, 이것은 커피입니까?"

강이 이해했다는 듯 손바닥을 주먹으로 탁 쳤다. 지호가 강을 감쌌다.

"아냐, 저건 영어를 한글로 써놓아서 어색해하는 거야. 너희도 한국말 소리 나는 대로 영어로 써놓으면 잘 못 읽잖아. 이메일 보낸 거 보면 작문은 잘해."

강은 그러는 동안 독립심을 강조하는 아메리칸답게 혼자서 손을 들어 종업원을 불렀고 커피를 시켰다. 잔뜩 긴장했던 종업원은 강이 '아메리카노'를 손으로 가리키자 해바라기처럼 웃으면서 메뉴판을 챙겨 돌아섰다.

"아무리 그래도, 우리 스터디랑은 너무……."

"나는 쓰고 싶어요. 갖고 싶어요. 나의 책."

강이 인욱의 말을 자르면서 끼어들었다. 이미 지호가 책에 대한 이야기까지 설명을 마친 모양이었다.

갖고 싶어요. 나의 책.

그 눈을 마주친 순간, 더 이상 강을 거절할 수 없으리라는 예감이 우리 셋의 머리 위로 쏟아졌다. 강에게는 어떤 간절함이 있었다. 어눌한 발음이 마음을 약하게 만들었다면 그 눈빛이 결정타를 날린 셈이었다.

"이게 무슨 사태냐. 오랜만에 새로운 사람이 들어오나 했더니 하나는 서정인이고 다른 한 사람은 외국인이구나."

인욱이 뒤통수를 소파에 텅텅 치면서 중얼거렸다. 농담이었지만, 강이 인욱 쪽으로 고개를 돌렸다. 그리고 물었다.

"나는, 외국인, 입니까?"

인욱과 내가 뻣뻣하게 굳었다. 강은 우리를 지그시 바라보았다. 서양에도 동양에도 속하지 않는 눈동자의 색깔이 생경했다. 나는, 지금까지 내가 외국인은 무조건 분류해서 인식했다는 것을 깨달았다. 스쳐 가는 무수한 외국인은 '한국인이 아닌' 존재 즉 이방인이었고 그 이방인은 수박 쪼개듯 두 편으로 나뉘었다. 아시안과 서구인. 딱히 내가 인종에 의미를 부여해서가 아니라 관습적이어서 숨 쉬듯 자연스러운 분류였다. 내가 '어떤 종'인가 하는 매우 원초적이고 단순한 물음, 모든 회화의 첫 장은 언제나 이름과 출신을 묻고 답하는 것부터 시작한다. Where are you from? 너는 어디에서 왔으며 어디에 속하나는 질문. 수업시간마다 나를 지목하는 끌뢰르 교수는 프랑스 출신, 그녀는 마른 체구에 갈색 눈동자가 전형적인 빠리지엔이었다. 그럴 때면 나는 혼란을 느낄 필요가 없었다.

그런데, 지금은?

침묵이 이어졌다. 강은 외국인일까? 엄밀히 말하면 그 질문은 '나는 당신들에게 외국인입니까?'인 것 같았다. 공식적인 국적의 문제가 아니었다. 온전히 내가 이해한 의도의 질문인지, 부족한 한국어 실력 때문에 본래의 의도와는 다른 뜻을 말했는지도 파악할 수 없었다. 어느 쪽이든 답하기 곤란하다는 사실만 명확했다.

나는 닥치는 대로 읽었던 책 중에서 한국 문학을 분류하는 기준을 떠올렸다. 최근에는 한국 작가가, 한국 독자를 대상으로 한국인의 생활을 주제로 하여 쓴 것까지 포함한다. 가령 이미륵의 『압록강은 흐른다』는 독일어로 쓰였으나 한국 문학으로 분류되고……. 그렇다면 그 '한국 작가'의 기준은? 머리가 터질 것 같았다.

그때 강의 커피가 나왔다. 지호가 강의 커피에 시럽을 들이부으면서 말했다.

"아니, 너는 우리 스터디 멤버야. 이제부터. Do you understand?"

아, 안 돼요! no sugar! 강이 손을 내저었다. 약간 얼어붙었던 공기가 풀어졌다. 그제야 쓸데없는 고민을 했다는 생각이 들었다. 한국 문학의 범주, 정의, 그런 것들이 도대체 우리에게 무슨 의미가 있을까. '승강이'에서 중요한 건 그런 요소들이 아니었다.

"나, 가져옵니다. 이거."

강은 자신이 직접 쓴 짧은 콩트를 가져왔다. 솔직히 말해서 그 정도의 열의를 보일 줄은 상상도 못했기 때문에 소파에 푹 기대앉았던 인욱이 허리를 세우고 바로 앉았다. 워드 프로그램을 써서 출력하는 대신 직접 쓴 후 복사한 원고였다. 한글 타자는 낯설어서 시간이 오래 걸린다고 했다. 200자 원고지로 10장이 채 안 되는 분량, 그러니까 A4 용지로 계산해도 한 장이 안 되는 그 안에서 삐뚤빼뚤한 글씨들이 필사적으로 일렬을 이루려고 애쓰고 있었다.

강이 회화보다 작문에 능하다는 것은 사실이었다. 입 밖으로 즉시 내어놓아야 하는 말보다 충분히 생각할 시간이 있는 데다 퇴고까지 했는지 문장의 배열이 안정적이었다. 강은 우리가 자신이 쓴 것을 다 읽을 때까지 참을성 있게 기다렸다.

"나는 이거, 이거를, 쓰고 싶습니다. 소설."

강이 손짓 발짓 해가면서 말했다. 답답하고 느렸지만 누구도 중간에 끼어들지 않았다.

"미국에서도, 썼습니다 이것을. 이것은 소설입니다. 천, 천. 천 이백 개? 씁니다. 나는 한국 간다 생각해요. 나는 exchanging program 신청합니다."

콩트는 한국인 남자와 미국인 여자의 사랑 이야기였다. '리나'와 '김'이 그들의 이름이었다. 강이 구사하는 단어의 수준 때문에 초등학생의 작문 같았지만 그가 무엇을 쓰고자 하는지는 확고하게 보였다. '두 사람은 사랑했다. 이것을 기억해야 한다.' 콩트는 그렇게 끝났다.

"단어 수가 천이백 개? 무슨 소리야?"

"외국은 단어 수로 셈한대. 천이백 자면 어림잡아서 원고지 80매 정도? 단편 소설 분량이야."

지호가 설명했다. 우리는 다시 입을 다물었다. 약속이나 한 듯 같은 생각이 머릿속을 가로 질렀다.

왜 하필?

강은 우리가 무슨 생각을 하는지 짐작한다는 듯 묵묵히 커피를 마셨다. 만약 강이 그의 부모가 어떻게 만나서 사랑에 빠졌는지 기록하고, 알리고 싶다면 방법은 많았다. 요즘에는 누구나 플래시나 동영상을 만들어 인터넷에 올린다. 사진을 첨부하거나 직접 그린 그림으로 만화를 만들어도 좋고, 노래를 부르거나 악기를 연주할 수도 있다. 짧은 영어 설명만 곁들이면, 언어의 장벽을 넘어 수십만 명이 강의 이야기를 보고 들을 수 있을 것이다. 소통과 공유의 장으로서 유튜브는 언제나 열려 있었다. 하루에도 수천 개씩 업로드되는 동영상들이 전 세계를 향해 말을 걸었다.

그에 비하면 소설은 무력하고 비효율적이다. 미술이나 음악이 간단하게 뛰어넘는 소통의 장벽이 언어에서는 정체성이나 다름없었다. 차이와 낯섦, 인식 불가능성과 소통의 낙차. 장기적인 노력이 없으면 다른 세계의 소설이나 글은 괴상한 문자가 내는 수수께끼, 그 이상도 이하도 아닌 것이다.

'그럼에도 불구하고' 강이 소설을 택했다면—번역하면 될 일이었다. 한국에 오지 않아도 가능하고 한국에서는 더더욱 쉬운 일이었다. 영어와 한국어를 구사할 줄 아는 혼혈 미국인, 그것도 백인 계열의 강에게 이 시대의 대학과 사람들은 지극히 우호적이니까 번역을 돕고 언어 교환을 하려는 학생들이 넘쳐날 것이다.

강은 번역을 통해서 자신의 소설이 곡해되거나 전혀 낯선 것으로 탈바꿈할까 봐 두려웠을까. 번역은 단순히 말을 옮기는 데서 끝나지 않는다. 아예 새로운 재료를 써서 기초부터 다시 짓는다는 면에서는 창작이지만 동시에, 원래의 형태와 느낌을 그대로 유지해야 하기 때문에 복구 작업이기도 했다. 그러나 운 좋게 좋은 번역가를 만나면, 강의 소설은 강이 직접 쓴 것과는 비교도 할 수 없이 완성도 높은 소설로 다시 태어날 것이다. 그편이 빠르고 안전하고 효율적이었다. 반면 강의 작문은 문법적인 면에서는 큰 오류가 없었지만 어색한 느낌이 강했다. 그건 소위 말하는 '번역투'였다. 그나마 그 정도의 글을 쓰기 위해서 또 얼마나 많은 시간을 투자했는지 알 수 없었다. 강의 소설은 문단마다 글씨와 펜의 굵기가 많이 달랐다. 색깔까지는 알 수 없지만 완고를 옮겨서 쓰는 데만도 며칠이 걸렸다는 것을 눈치챌 수 있었다. 이 정도면 강에게 소설 쓰는 일은 거의 막노동이었다. 그런데도 굳이, 직접 소설을 쓰겠다고.

이해할 수 없었지만 이해할 필요는 없었다. 나는 강이 쓴 콩트의 위쪽에 날짜와 강의 이름을 적었다. 작법서에서 읽었던 구절이 머릿속을 스쳐지나갔다.

—절박한 이야기를 써라.

강에게는 그것이, 가장 절박했을 것이다.

***

방학에는 스터디를 일주일에 한 번 한다. 써야 하는 양이

늘면서 벌금이 빠르게 쌓였다. 강은 격주로 참석하기로 했다. 강은 우리가 쓴 글을 읽는 데에만 시간이 꽤 오래 걸렸기 때문에, 그에 한해서 규칙을 좀 바꿀 필요가 있었다. 강은 합평에 참석하는 대신 자신의 글을 쓰는 데 몰두하도록 했다. 강이 오면 순서를 번갈아 가면서 강의 첨삭을 도와주었다. 그러는 동안 남은 사람은 합평을 하고, 강이 지적 받은 부분을 고치기 시작하면 합류해서 마저 스터디를 하는 식이었다.

"난 강이 맞춤법 물어볼 때 제일 무서워. 알지, 내가 어학 제일 싫어하는 거. 그런 거 좋아하는 애들은 다 변태야."

"그래? 국문과 내에서도 취향이 다양하구나."

"당연하지. 너는 불문학이 좋냐, 불어학이 좋냐?"

"둘 다 토 나오는데."

나는 고개를 저었다. 이번 방학에는 불어 학원에 등록해서 꼬박꼬박 다녔지만 그보다 더 많은 시간을 할애하는 것은 단편소설 쓰기였다. '승강이'에 들어온 지 석 달이 다 되어가도록 나는 몇 개의 짧은 콩트만을 냈을 뿐이다. 그러는 동안 지호와 인욱은 '두 달에 한 번'이라는 약속에 맞추어 200자 원고지로 80매 정도 되는 단편 소설을 하나씩 내놓았다. 나는 그 애들의 몸 안에 글쓰기 공장이 있다면 배를 갈라서라도 빼앗고 싶을 만큼 골머리를 앓는 중이었다. 파편들, 여전히 이색 직업이나 인터넷에 떠도는 엽기적인 사건을 메모한 쪽지만 하염없이 늘어났다. 절박한 이야기를 쓰라지만 사실 제일 절박한 것은, 그게 뭔지 모른다는 초조함이었다.

“나한테 제일 절박한 게 뭐지?”

“땅콩 소보루.”

“니가 먹고 싶은 거 말고.”

인욱은 언제나 그렇듯 하등 도움이 안 됐다. 내가 ‘두 달’의 마감을 넘기고부터는 빡빡한 편집장처럼 굴었다. 그걸 남한테 물어본다는 점에서 이미 글러먹은 거라며 나를 쪼아댔다.

“요즘 제일 싫은 말이 뭔지 알아? 거짓말했을 때 ‘소설 쓰고 있네’라고 말하는 애들이야.”

나는 투덜거리면서 담배에 불을 붙였다. 내게 기발한 상상력이나 파격적인 창의성이 없다는 것쯤은 진작에 파악했다. 인욱의 말이 맞았다. 그래서 내 시선은 밥을 먹고 옷을 다려 입고 이따금 설사에 시달리는 일상 속으로 뻗었다. 사소하고도 구체적인 것, 무심코 흘려보내면 영영 잃어버리는 일상의 파편을 끌어올리면 상상력이 뒷짐 지고 걸어 나와 저녁 찬거리 장 보듯 톡톡 두드려보고 흔들어보며 골랐다. 그러면 어슴푸레하게 소설의 윤곽이 떠올랐다. 하지만 잡을라치면 그것은 쏜살같이 사라졌다.

"네가 왜 쓸 게 없어. 책도 많이 읽는데."

"책 읽는 걸로 소설을 쓸 수 있다면 난 이미 대하소설을 썼다."

"말은 잘한다니까. 그럼, 수다 떤다고 생각하고 써봐."

지호가 어깨를 으쓱거렸다. 글쎄, 쉴새없이 나불거리는 거라면 확실히 재능이 있는지도 모른다. 하지만 그건 가족이나 친구나 건너 건너 아는 사람에 대해서, 있었던 일과 재미있는 일에 대해서 말하니까 그렇다. 처음 단편 소설 구상에 들어갈 때까지만 해도, 그렇게만 하면 소설도 금방 쓸 수 있다고 생각했다. 그러나 첫 문장을 쓰는 순간부터 누군가 지켜보는 기분이 들었다. 실제 인물을 모델로 만들 때 나는 장사꾼이 내어놓은 물건의 정면을 보지 않고 뒤집어서 아래쪽의 마감을 확인하는 집요한 손님처럼 굴었다. 누구든 내가 소설이라는 무대로 올려보냈을 때 순수하게 기뻐할 수는 없을 것이다. 자수성가한 할아버지의 공장에서 음독을 기도했던 아저씨나, 엄마가 아빠를 만나기 전에 했던 연애가 내 관심사였다. 그래서 어떤 특징 하나를 빌린다면, 그보다 많은 것을 바꾸었다. 스쳐 지나간 수많은 사람에게서 말버릇이나 신체적 특징 같은 일부를 떼어와 비슷하지만 같지 않은 누군가를 만들어냈다. 기왕이면 알아보지 못하는 것이 가장 최선이라고 생각했지만, 알아본다고 해도 본체가 상처를 받지 않을 정도로만 가공했다.

필사적으로 감추고 싶어 했던 자신의 어떤 면이 온 세상을 향해 활짝 열릴 때 그것을 견딜 수 있을 만큼 강한 사람은 생각보다 그렇게 많지 않을 것이다. 사랑하는 이를 상처입힐지도 모른다는 공포는 늘 집요하고 서늘했고, 내 소설은 인물 구상 단계에서부터 난항을 겪으며 주저앉기 일쑤였다. 가까운 것에 대해서 쓰라는 말은 그래서 내게 가장 어려웠다.

나는 강과는 비교가 되지 않게 풍부한 어휘와 단어를 갖고 있었고 그것을 적재적소에 배치할 줄 알았다. 그러나 내 페이지는 아직도 백지였다. 최근에는 강에게까지 열등감을 느끼고 있다는 사실을 확인하자 나는 진심으로 우울해졌다. 나는 늦었어요, 하면서 강이 카페 문을 열고 들어오지 않았더라면 어린애처럼 울음을 터뜨렸을지도 모른다.

"나는 많이 썼어요."

강은 소설의 복사본을 나눠주었다. 이미 줄거리는 정해져 있었기 때문에 쓰는 일만 남아 있었다. 강은 느리지만 꾸준히 썼고, 베틀 위에 놓인 새하얀 베처럼 소설은 점점 길어지고 있었다. 미국에 있을 때 영어로 쓴 소설과 같은 구성이었지만, 결과물이 다를 것은 누구나 짐작할 수 있었다.

교환학생인 강은 교내에 있는 외국인을 위한 어학당에서 '한국어 수업 중급'을 일주일에 두 번 듣고 수업이 끝나면 강사에게 첨삭을 부탁했다. 그러나 강사는 강의 글을 '외국인의 작문'으로만 생각해서 문법적인 오류만 고쳐주었기 때문에 한계가 있었다. 강은 그것만으로는 부족하다고 생각했고 그리하여 '승강이'의 문을 두드렸던 것이다.

"자, 이것 봐요 강. '그때 김은 오수에 잠겼다'. '오수(午睡)'라는 말은 이제 아무도 안 써요. It is an old expression. 이해했어요? 그냥 '낮잠을 자고 있었다', 이렇게 쓰면 돼."

"어, 오케이. 낮잠을, 자고 있었다."

연필을 쥔 강이 한 자 한 자 눌러썼다. 강은 인근의 영어학원에서 시간강사로 일하는 틈틈이 썼고 꼬박꼬박 스터디에 참석했다. 원어민 강사를 구하려고 혈안이 된 학원 천지니 강으로서는 잘된 일이지만, 교환학생이라서 취업비자가 없다는 게 좀 마음에 걸렸다. 나중에 문제가 생기지는 않을까, 그런 노파심이 들었던 것이다. 정작 강은, 학생들에게서 '젊은 말'을 배울 수 있다며 좋아했다. 강의 문체는 미국에서 구해다 읽었던 책들이 대부분 옛날 한국 책이어서 '젊은 말'과는 전혀 거리가 멀었기 때문이다.

강의 글을 합평할 때는 우선 머릿속에 떠오르는 말 중 가장 쉬운 표현을 고른 후, 그가 이해할 수 있는 수준으로 설명했다. 소설적 형상화, 사건과 사건 사이의 유기적 관계, 인물 행위의 타당성 같은 단어는 강에게 도움이 되지 않는데다 합평하는 사람의 자기만족에 지나지 않는다는 사실을 깨달았다. 강이 온 뒤로, 우리는 '승강이'의 합평이 어느 정도 현학적으로 흐르고 있었음을 인정해야 했다.

"음……리나와 강이 서로에게 처음 호감을 느끼는 장면이 좀 더 극적이었으면 좋겠는데."

지호가 인상을 쓰자 강이 고개를 갸웃거렸다. 드라마틱! 지호가 영어로 설명했고 얼마간의 사투 끝에, 마침내 강은 지호가 뜻하는 바를 이해했다. 그리고 말했다.

"알아요. 나는 공부했습니다, 미국에서. 책을 보고."

당연했다. 누구보다 간절하게 부모님의 이야기를 기록하고 싶어하는 강이, 그리하여 서툰 언어로 글을 쓰기로 한 강이 소설에 필요한 요소들에 대해 우리보다 더 많이 알고 있을 것이다. 그런데도 우리는 저도 모르게 강을 아이처럼 대하고 있었다. 강의 말이 9세 수준이었기 때문이다. 빈약한 말의 일부는 자주 그 사람의 존재 전체로 확대된다. 그 어설픈 말 속에, 우리가 절대 닿을 수 없는 낯선 언어 속에 그가 어떤 심연을 감추고 있는지는 까맣게 모른 채로 말이다.

"정인. 나 질문 있어요. 이거."

"아, 사촌이 땅을 사면 배가 아프다?"

"이것은 무슨 뜻입니까?"

엉덩이가 무거운 남자, 허파에 바람 든 여자, 비 오는 날 꽃을 달고 추는 춤, 때리는 시어머니보다 얄미운 말리는 시누이 같은 말을 맞닥뜨렸을 때 강은 당황했다. 약간의 시간을 들여 그 말의 의미를 유추했고 그때야 아, 하면서 고개를 끄덕이는 식이었다. '까불다가 된장 발린다'는 말을 이해하는 데는 훨씬 더 오랜 시간이 걸렸다. 우선 복날에 개를 먹는 문화에 대해서 오랜 토론을 거친 이해가 필요했다. ("개는 안 돼요! 먹다 아니예요!") 된장은 전통적인 양념이기 때문에 늘 함께 했으며, 굳이 '개'가 아니더라도 '된장 발린다'는 말은 목숨을 위협하는 의미로 읽힌다는 것을 단계별로 설명해야 했다. 강은 날 것 그대로인 '말'과 고도의 압축이나 가공을 거친 '문학적 언어' 사이의 까마득한 틈 사이에서 헤맸다. 그런 점을 보완하고자 강은 높은 성취 열을 발휘하여 사전, 인터넷, 한국인 친구들을 동원했다. 조금 더 독창적이고 글의 의도를 잘 살려낼 수 있는 말을 찾으려 애썼지만 번번이 실패했다.

"저, 강. 이게 무슨 뜻이지요? '리나와 김은 밤새 떡을 친 후라 몹시 피곤했다.'"

강이 배시시 웃었다.

"정인, 이거 몰라요?"

나는 설마설마하는 생각에 어색하게 고개를 갸웃거렸다.

"뭐, 뭘까?"

"이거 내가 찾은 거예요. 친구들한테. 많은 말들을, 배웁니다."

강이 의기양양하게 수첩을 보여주었다. 강의 수첩에는 정말로 '한 베개를 베다.', '살을 섞다.', '따먹다.', '하룻밤을 보내다.', '동침하다.', '자다.' 같은 말들이 주르르 적혀 있었다. 경쟁적으로 자기가 아는 말들을 가르쳐주는 강의 친구들과, 열심히 한 자 한 자 받아 적었을 강의 모습이 눈에 선했다. 하고많은 것 중에 왜 하필 '떡을 친다.'를 골랐느냐고 물었더니 강은 별 이상한 걸 다 물어본다는 얼굴로 대답했다. "떡은 맛있잖아요?"

"이건 속어예요. 등장인물이 이렇게 말할 수는 있지만,

작가가 이렇게 쓰면 안 돼요."

"하지만 정인. 저번에 그거. 정인도, 썼잖아요. '꼭지가 돌았다.' 나 이것, 수첩에 적습니다. 이것은 속어 아님미까?"

"아, 맞다. 소설에서 속어를 쓰면 안 된다는 법은 없는데, 강. 잘 들어요. 서술어, 아니지. 작가가 설명하는 말, got it? 이게 이런 단어를 쓰면 안 돼요. 1인칭도 아닌데 작가가 '떡을 쳤다'고 해버리면, 등장인물인 김과 리나의 사랑은 지금까지의 분위기랑 하나도 어울리지 않아요."

강이 울상을 지었다.

"김과 리나가 엔조이처럼 보여요."

"엔조이?!"

"많은 독자들이 나처럼 생각할 거야. 이해해?"

"……그래요."

잠깐 시무룩해졌던 강이 수첩을 뒤적이다가 어느 페이지를 나에게 펼쳐 보였다.

"그러면 이건 어떻습니까?"

강은 '따먹었다'를 가리켰다. 나는 단호하게 고개를 저었다.

***

"강, 너 영어 말하기 동아리에도 가입했어?"

지호가 카페에 들어서자마자 우리에게 인사도 하지 않고 강의 맞은편에 앉았다. 강이 헌책방에서 사온 '아기돼지 삼형제'를 읽다가 고개를 들었다.

"네?"

"Speech in English 말야."

"아아, 네. 그렇습니다. 거기서 literature club, 알려줍니다. 나는 office 갑니다. 종이 보고 전화, 했습니다."

강이 말하는 문학 클럽이란 문학회를 뜻하는 듯했다. 그럼 굳이 지호와 인욱이 붙인 전단지를 보지 않았다 해도, 우리와 만나게 되었을 것이다.

"왜 그래?"

지호의 표정이 날카로워졌기 때문에 나는 테이블 밑으로 손을 잡으면서 작게 물었다. 지호는 내 말에 대답하지 않았다. 강만 쳐다보면서 말했다.

"거기 여자애들이 우리 스터니 들어오고 싶다고 하더라고."

"아, 그래? 웬일이지? 그래서 뭐라고 했어?"

"뭐라고 하긴, 안 된다고 했지."

지호가 쏘아붙였다. 누군가에 대한 짙은 환멸이 딸린 어조였는데 지호가 그렇게 말하는 건 처음 봤다. 강도 눈을 동그랗게 떴다. 생초짜도 외국인도 받아들여주는 '승강이'가 새로 들어오겠다는 사람을 거절했다니, 그것만으로도 충분히 이상했다.

"걔네 목적은 스터디가 아냐. 강이지. 제일 처음 묻는 말이 강이랑 자주 만날 수 있냐, 였다고."

그쯤이야 새삼스러운 일도 아니었다. 나도 몇 번인가, 얼굴만 아는 친구들에게 강에 대한 질문을 받았다. 어떨 때는 그 느낌을 즐기며 이유 없이 우쭐하기까지 했다.

"좋겠다, 강. 백인 혼혈이 벼슬이지."

지호가 빈정거렸다. 화들짝 놀라 옆구리를 꾹 찔렀지만 전혀 신경 쓰지 않는 것 같았다. 강이 눈을 동그랗게 뜨며 되물었다. "벼슬이요?" 강과 함께 있으면 시선이 집중된다. 남자든 여자든 그 눈에 흐르는 것은 명백한 동경과 선망, 바야흐로 혼혈을 반기는 시대였다. 원래 혼혈아는 부정한 여자에게 찍힌 낙인과 같았고 어디에도 뿌리내릴 수 없는 존재였다. '이태원'이라는 공간을 만들어 '다른 모양'을 지닌 사람들을 몰아넣었듯이. 그러던 것이 최근에는 또 정반

대로 바뀌었다. 지호의 말대로라면 미끈한 혼혈 배우들에 익숙해지면서 '바뀐 것처럼 보이는' 것뿐이지만 말이다. 부드러워진 것 같은 그 경계는 안으로 파고 들어갈수록 냉혹했다. 알고 있으면서도 외면했던 사실이다. 강과 함께 있으면 부당한 대우에 대해서 생각할 필요가 없었기 때문이다.

지호가 한 글자씩 딱딱 끊어서 말했다.

"좋, 겠, 다. 인기 많아서."

강이 들어온 이후 지호는 종종 흑인 혹은 동남아권 혼혈이 어떤 대접을 받는지, 그에 비하면 강이 가진 특권은 얼마나 큰지 이야기했다. 대체로 강이 없을 때였지만, 있다고 해서 크게 말을 가리지는 않았다. 지호가 쓴 콩트에는 가끔 이방인들이 등장했다. 그들은 늘 경계를 서성이다가 비극적인 최후를 맞았는데, 지호가 굳이 말해주지 않아도 그 애가 다니는 인권운동 모임에서 만난 이들이 모델이라는 것을 알 수 있었다. 나는 주인공들이 그 모든 어려움을 지호처럼 시원스럽게 웃어넘기길 바랐다. 이미 불행한 사람들은 너무 많았기에 지호는 다르게 써주길 바랐던 것이다. 지호는 단호했다. 똑같은 문제가 반복되는 상황에서, 그러니까 근본적인 문제가 해결되지 않은 상황에서 피해의식 운운하며 유쾌해지길 요구하는 것은 또 다른 폭력이라고 말했다.

"한국에서는 특권층, the privilege class를 '금수저를 물고 태어났다'고 표현해. 내 말 이해해? You are a privileged class, because your mother is the Anglo saxon. 수첩에 적어둬."

지호가 영어로 쏘아붙였다. 강이 백인 혼혈이라고 해서, 지호가 강에게 화를 낼 수 있는 것은 아니다. 지호가 그걸 모를 리 없다. 강은 원해서 백인 혼혈이 된 게 아니다. 다만 어딘가 스위치가 잘못 눌러진 것 같았다. 그럴 때가 있다. 온당하지 못하다는 걸 알면서도 분노가 바글바글 끓고, 애꿎은 사람에게 가혹해지는 날이. 기어이 누군가를 피 흘리게 하고 나서야 멍하니 나갔던 정신이 번쩍 돌아오는 날이. 나는 함부로 끼어들지 못했다. 강이 한동안 가만히 앉아 있다가 고개를 저었다.

"인기는, 모릅니다."

그리고 어, 어, 하면서 말을 고르더니 마저 말했다.

"그러나 나는 행복합니다, 여기서."

"그러시겠지."

지호가 비꼬았다. 강이 눈을 깜빡거리면서 지호를 물끄러미 쳐다보았다. 그리고 소중하게 품고 다니던 영한사전을 뒤적거리며 또 무슨 말인가를 찾았다. 나는 담배를 꺼냈다. 입술이 바짝 탔다.

"미국의 린치, 셉니다. 아주 많이. 초등학교? 친구들은 내 머리, 변기를 넣어요. 우리 엄마, 옐로우 치킨과, 결혼했다고 합니다."

나도 지호도 얼어붙었다. 지호가 아랫입술을 꽉 깨무는 것이 보였다. 어느 사회든, 아이에게는 가혹하다. 다르다는 이유로 쏟아지는 모든 것을 감당하기에 아이는 아직 어리고 맨발로 깨진 유리를 밟는 것처럼 자신을 보호할 줄 모른다. 그때의 강은 훗날 자신이, 미운 오리 새끼가 난데없이 백조로 대접받을 줄은 몰랐을 것이다. 정작 그는 변한 것이 없는데 말이다.

"같은 학교에, 중국인 엄마 여자애 있습니다. 그 애한테는, 안 그럽니다. 미들 스쿨에서 밟아서 나의, 손가락, 부러졌습니다. 두 번. 그 후로 운동 많이 합니다."

강이 손바닥을 좌악 펼쳤다. 커다랗고 투박한 손가락 사이로 언제나 말하는 것보다 더 많은 감정이 출렁이는 강의 갈색 눈동자가 보였다.

나는 지난 시간 강이 새로 써온 분량을 떠올렸다. 미국인 여성 리나는 아이처럼 엉엉 울면서 한국인 남성 김에게 소리 질렀다. “차라리 내가 남자고, 네가 여자였으면 좋겠어.” 그들은 나란히 손을 맞잡고 걷다가 자주 시비에 휘말렸다. 건강하고 할 짓 없는 청년들은 리나와 김을 번갈아 손가락질하며 저 원숭이로 만족이 되냐며 웃었다. 리나의 친구들은 앞다투어 리나를 파티에 데려가 다른 남자를 찾길 권했다.

“미국에서 아시아 여자 인기 많아요. 미국 여자들, 싫어합니다. 아시아 남자.”

어, 그러니까 내가 하고 싶은 말은요, 하면서 강은 땀을 뻘뻘 흘렸다. 아시아 여성에 대한 환상, 국제 커플의 다양한 사회적 위치 등 상당히 어렵고, 강이 야심차게 준비한 것이 분명한 단어가 이어졌다. 문장은 엉망진창이었고 얼마 안 가 강이 영어를 하는 것인지 한국어를 하는 것인지 알 수 없게 되어버렸다. 그러나 강이 하고 싶은 말이 무엇인지 알 수 있었다. 처음 소설을 설명하면서 강은, 미국 여자와 아시아 남자 커플이 미국 남자와 아시아 여자 커플과는 현실적으로 전혀 다른 맥락에 놓인다는 것을 우리에게 이해시키려고 했다. 그리고 그때, 강을 도와서 인종과 성별의 권력 관계에 대해 가장 열심히 설명한 게 지호였다. 지호의 얼굴이 창백해졌다.

"내가 가는 학원에도, 외국인 엄마 아빠 있는 아이들 있습니다. 괴롭히지 말라고, 말합니다."

강은 그 모든 말을 언제나처럼 느리고 어눌하게, 그러나 끈질기게 마쳤다. 한동안 공기가 팽팽하게 당겨진 채 누구도 말을 하지 않았다. 지호가 마른 세수를 했다. 눈을 질끈 감았다가 떴다.

"……미안해. 어제 이주노동자 쪽에서 폭행 사건이 터졌거든. 그거 땜에 예민해진 것 같아."

"네? 천천히 말해주십시오."

그것은 강이 잘하는 말 중 하나였다. '천천히 말해주십시오'. 가장 먼저 배우게 되는 말 중 하나라서, 그 발음과 억양만은 끝내줬다. 지호가 한숨을 길게 쉬더니, 강과 눈을 마주쳤다. 그리고 고개를 살짝 숙였다.

"미안해."

강의 눈이 약간 커졌다. 얼결에 같이 고개를 숙이더니, 얼마 후 이해했다는 듯 손을 딱 마주치면서 말했다.

"괜찮아요. 나는 변기에 안 들어감니다. 이제."

"응, 확실히 강은 변기에 들어가기에는 너무 크지."

내가 얼른 받아치자, 그렇지요? 하고 강이 어깨를 으쓱거렸다.

# 5
# 내가 유명해지니 좋니

느직한 오후의 지하철은 한산했다. 안으로 들어서자 강한 히터 때문에 숨이 막혔다. 자리가 많이 비어 있었고 사람들은 책을 읽거나 스마트폰을 들여다보거나 졸았다. 나는 사람이 없는 자리를 골라 앉고 이어폰을 꼈다.

덜커덩!

칸과 칸을 연결하는 문이 열리면서 한 남자가 목발 한 개에 몸을 지탱하면서 걸어 들어왔다. 남자는 허리에 전대를 찼고 왼쪽 다리에 깁스를 하고 있었다. 남자는 절뚝거리면서 양쪽에 앉은 승객들의 무릎에 손바닥 만한 종이를 올려놓기 시작했다. 지하철에서 흔히 볼 수 있는 풍경이었다.

서울시의 지하철은 달리 요지경이 필요 없는 세상이다. 그 일을 맞이하는 시민의 태도 역시 대도시의 시민답게 능숙하고 노련했다. 압도적인 존재감을 과시하며 무릎 위에 놓여 있는 종이를 못 본 체하거나, 옆의 빈자리로 치우는 식이었다.

남자는 약간 위태로운 걸음으로 점점 다가왔다. 나도 괜히 스마트폰만 쳐다보았다. 내 무릎에 네모반듯하게 코팅한 종이가 다가왔을 때, 남자의 손이 치마를 밀어올리고 허벅지를 잡았다. 순식간이었다. 고개를 들었을 때 남자는 종이를 올려놓고 절뚝거리며 스쳐 지나갔다.

……오해겠지. 실수일 거야.

지하철 안은 여전히 덜컹, 덜컹, 하는 규칙적인 흔들림과 소음이 전부였다. 나는 아무렇지 않은 척 고개를 빳빳이 들었다. 덥다고 생각했던 지하철이 갑자기 추워졌는지 소름이 돋았다. 남자는 저쪽 끝까지 걸어가고 승객들은 무표정한 얼굴로 남자가 내려놓은 종이를 힐끔 쳐다보거나 다른 일에 몰두하고 있었다. 아까의 일을 눈치 챈 사람은 아무도 없는 것 같았다. 나는 마음속으로 나에게 끊임없이 말을 걸었다. 침착해. 내가 너무 과민해서 그래, 당황하지 말자. 고의가 아닐 거야. 지하철이 흔들려서 균형을 못 잡을 수도 있어. 목발을 쓰니까.

지하철이 터널을 통과하면서 창밖이 어두컴컴해지고 지하철의 불빛 때문에 사람들의 얼굴에 음영이 드리워졌다. 아까와 하나도 다를 것 없는 풍경이 말할 수 없이 낯설었다. 종이에는 지금까지 받았던 것과 비슷한 내용이 서툰 글씨로 쓰여 있었다. 한창 일할 나이에 불의의 사고를 당해서 이제 아예 한쪽 다리를 쓸 수 없게 되었다, 노쇠한 어머니와 도망간 아내, 그리고 어린아이 때문에 자기는 죽을 수도 없는 목숨인데 천 원이면 연탄도 사고 쌀도 살 수 있다, 그런 내용이었다.

나는 종이를 옆자리에 내려놓았다. 지하철 끝 칸까지 종이를 돌린 남자가 들어왔던 방향으로 걸어와서, 제일 처음에 앉아 있는 승객 쪽부터 종이를 회수하기 시작했다. 사람들은 여전히 무심했고 남자는 별 소득이 없는 것 같았다. 나는 희미하게 그가 목발을 짚는 모습이 아까와는 다르다는 것을 눈치 챘다. 어떤 위화감이 있었다. 지하철이 천천히 역으로 들어서면서 속도를 줄이고 있었다. 가장 사람이 붐비는 환승역이었다. 창밖으로 바글바글한 사람들의 모습이 휙휙 스쳐 지나가다가 천천히 또렷해지기 시작했다.

남자가 절뚝거리면서 내 앞에 서는 순간 덜컹, 하면서 지하철이 멈춰 섰다. 옆에 놓인 종이를 줍던 남자가 갑자기 휘청거리며 내 쪽으로 쓰러졌다. 이번에는 남자의 오른손이 치마 안으로 확 밀려들어왔고 팬티 위를 지나갔다.

"씨발년아, 천 원도 없냐."

남자가 그렇게 속삭였다. 그 손은 다시 뱀처럼 빠르게 빠져나갔다. 푸시시, 문이 열리는 소리가 들렸고 정신이 돌아왔다.

"야, 이 미친놈아!"

나는 안고 있던 가방으로 남자를 후려치면서 벌떡 일어났다. 떠밀린 남자가 나뒹굴었고, 우글우글 밀고 들어오던 사람들이 어어어, 하면서 물러났다. 한발 늦게 남자의 목발이 텅, 하는 소리를 내면서 쓰러졌고 종이가 여기저기 흩날렸다. 닫히면서 마지막에 간신히 탄 사람들이 먼저 탄 승객을 떠밀었다. 그 탓에 남자와 나를 중심으로 형성된 원이 일그러졌다.

사람들이 웅성거리는 소리가 아주 먼 곳에서 들리는 것처럼 아득했다. 일 초가 아득하게 길었다. 뭐야, 무슨 일이야? 왜 저래? 싸움이야? 지하철이 천천히 출발하기 시작했다. 도대체 무슨 말을 해야 할지 알 수 없었다. 경찰에 신고한다, 사과해라, 나한테 왜 이러느냐, 많은 말이 머릿속에

깜박였다가 사라졌다. 이런 상황에 놓였을 때 여자들이 제대로 대처하지 못하는 까닭은 어쩌면, 적절한 표현의 부재 때문인지도 모른다. 나는 두 발로 버티고 선 채, 내가 공포에 질렸다는 것을 들키지 않으려고 필사적이었다.

"아가씨, 무슨 일이에요?"

앞쪽에 있던 중년 남자가 끼어들었다. 바닥에 쓰러져서 눈을 크게 떴던 남자가 갑자기 끙, 하는 소리를 냈다.

"아이고오, 그게 아니고요. 내가 몸이 불편해서, 잘 설 수가 없어서 저 아가씨 쪽으로 쓰러졌는데……."

귓가를 파고들던 비릿한 목소리가 거짓말이었던 것처럼, 남자의 목소리는 무고했다. 제대로 일어나지 못해 몸을 버둥거렸다. 남자는 제대로 걷지도 못하는 사람처럼 보였다. 누군가 남자 쪽으로 목발을 밀었고 그 순간 지하철의 분위기가 싸늘하게 식는 것이 느껴졌다. 수십 개의 눈동자가 내게 쏟아졌다.

"거짓말 하지 마요, 아저씨 일부러 그랬잖아!"

나는 부들부들 떨며 소리를 질렀다. 남자가 더욱 버둥거렸다.

"진짜 몹쓸 사람이네. 몸도 불편한 사람한테 왜 그럽니까."

"아니야, 이 사람이 나한테……!"

나오려던 말이 금기처럼 목구멍에서 턱 막혔다. 수치심이 밀려왔다. 어째서 내가 이런 감정을 느껴야 하는지 알 수 없었다. 내가 말을 잇지 못하자 마치 도미노처럼, 가장 가까이 있는 사람부터 나를 바라보는 눈 안에 경멸이 차오르는 것이 보였다. 느낌으로 알 수 있었다. 이 중에는 아무도 내 편이 없다.

"그게 아니라……몸이 내 멋대로 안 움직여서……아이고. 몸이 불편하니 이런 실수를 합니다."

남자가 들으라는 듯 크게 소리쳤다. 발밑이 아득하게 꺼지는 것 같았다. 짧은 침묵 끝에 여기저기서 웅성거리는 소리가 나기 시작했다. 승객 두 명이 몸을 숙여서 남자를 부축했다. 중년 남자가 내 어깨를 툭 쳤다.

"아가씨, 일부러 그런 것도 아닌데 뭘 그렇게 과민하게 반응하고 그래. 빨리 사과하고 같이 일으켜."

"그게 아니라, 저 새끼가 지금 거짓말하는 거라니까!!"

나도 모르게 그 손을 뿌리쳤고 비명이 터졌다. 지하철 안이 다시 조용해졌고, 그리고……남자를 부축해서 의자에 앉힌 승객 중에 안경을 쓴 여자와 눈이 마주쳤다. 내 또래 정도 되는 여자애는 나를 벌레 보는 듯한 눈으로 보고 있었다.

"본 사람 있어요?"

"……뭐라구요?"

"니 말을 증명해보라고요. 그럼 우리도 믿을 테니까."

안경녀가 지하철 안을 쭉 둘러보았다. 사람들의 이목구비가 뭉개지면서 덜 마른 물감처럼 흘러내리기 시작했다. 있을 리가 없다. 그것은 아주 찰나의 폭력이었고 나를 표적으로 했다. 심장이 터질 것 같았다. 더 끔찍한 것은, 목격자가 있다 한들 이 자리에 나설 리가 없다는 직감이었다. 여기저기서 아유, 그냥 사과하지, 하는 목소리가 새어나왔다. 안경녀가 기세등등하게 눈알을 부라렸다.

"이봐요. 흔들리는 지하철에서 몸이 불편하면 실수도 할 수 있는 거지, 뭘 그렇게 예민하게 굴어요?"

"잠깐만요, 지금 뭘 안다고……!"

"나도 여자지만 실수랑 고의 정도는 구분할 수 있다고 생각하는데요? 그쪽 같은 사람들 때문에 여자들이 싸잡아 욕먹는 거예요. 창피해서 정말."

내가 앞으로 한 발 나서려고 하자, 안경녀가 팔을 뻗어 뒤의 남자를 가로막았다. 단호한 눈빛이었다. 모두들 숨을 죽이고 정의의 사도 같은 그녀를 보고 있었다. 그 순간 나는, 지금 이 순간, 이 공간에서 어떤 말도 효력을 발휘하지 못한다는 것을 깨달았다. 내게는 어떤 목소리도 주어지지 않았다. 내가 만만하고 불쌍한 사람에게 막무가내로 화를 내는 미친 여자이기 때문이다.

덜컹거리며 지하철이 다음 역으로 들어섰다. 그렇게 길었던 시간은 겨우 2~3분에 불과했다. 가방을 끌어안고, 나는 사람들 사이를 비집었다. 사람들은 완강한 벽 같았고 나를 쉽게 보내줄 마음이 없는 것 같았다. 나는 이를 악 물고 그 사이를 빠져나왔다. 문이 열리자마자 지하철에 타려고 기다리던 사람들을 밀치며 허겁지겁 내렸다. 뒤에서 인생 그렇게 살지 말라며 나에게 욕하는 소리가 들렸다.

어떻게 지하철 타는 곳을 벗어나 화장실까지 달려왔는지 기억이 나지 않는다. 정신을 차렸을 때 나는 화장실 변기 위에 앉아 있었다. 무릎에 얼굴을 묻고, 나는 미친 듯이 중얼거렸다. 울지 마. 울지 마. 너는 잘못한 거 없어. 이만하면 됐잖아. 그러니까 제발. 무릎이 뜨뜻하게 젖었다가 차갑게 식을 때까지 나는 꿈쩍도 하지 않았다.

차라리 꿈이었으면.

훤한 지하철 한복판에서 보란 듯이 치마 속을 파고들던 손과 수십 개의 불투명한 시선, 그리고 허공에서 무력하게 흩어지던 나의 모든 말. 그런 일이 아무렇지도 않게 일어나고도 세상이 잘만 돌아간다는 사실이 낯설었다.

나는 한참 후에야 겨우 감정을 추스르고 화장실에서 나올 수 있었다. 집에 가서는 물만 마시고 겨우 잠이 들었다.

진짜 악몽은 이제 막 시작되었다는 것을, 나는 아직 모르고 있었다.

＊＊＊

수정 언니에게 연락을 받았을 때 나는 고모가 보내준 이메일을 읽고 있었다. 고모는 제주도에서 찍은 사진을 이메일에 첨부했다. 어떻게 지내고 있는지, 찍는다는 강정마을은 어떻게 되어가는지에 대해서는 여전히 말이 없었다. 나는 사진만 봐도 바람이 느껴지는 제주도를 보면서 스터디에 결석계를 내고(1인당 5000원 이상의 밥을 쏘면 1회 빠질 수 있었다) 고모를 만나러 갈까, 생각했다.

—정인아, 너 지금 인터넷 할 수 있니?

“네. 왜요?”

—아니, 인터넷에 동영상이 떴는데. 이거 아무래도 너인 것 같아서…….

수정 언니가 말끝을 흐렸다. 그 순간 심장이 떨어져 발목

근처에서 나뒹구는 것 같았다. 나는 전화를 끊고, 곧바로 수정 언니가 불러준 사이트에 들어갔다. '지하철 자뻑녀'라는 제목의 동영상이 떴다. 어두침침한 지하철의 조명 속에 떠오르는 얼굴과 경상도 사투리의 악센트. 작은 화면 속에서 나는 실수로 넘어진 장애인을 몰아붙이고, 제지하는 시민에게 욕을 하고 있었다. 모든 맥락이 사라진 자리, 짧은 영상 속 파편으로 존재하는 나는 의심할 나위 없는 쓰레기였다. 덜덜 떨리는 손으로 스크롤을 내리니 무수한 익명 씨들이 욕설로 뒤섞인 댓글을 달고, 앞다투어 동영상을 퍼다 나르는 중이었다. 중간에 안경녀가 등장하면서 화면은 약간 가려졌지만 내 얼굴의 이목구비는 여전히 또렷했다.

그 다음부터는 들불처럼 모든 것이 걷잡을 수 없었다. 검색창에 '지하철 자뻑녀'라고 치자 금방 수십, 수백 개의 게시물이 떴다. 나를 제지하던 여자는 '지하철 개념녀'로 덩달아 유명해졌다. 블로그, 싸이월드, 페이스북, 트위터에서 내 동영상과 그에 대한 이야기가 넘쳐났다. 아이가 휘두르는 천진하고 예리한 칼날 같았다. 검색망은 조금이라도 관련이 있으면 빠짐없이 결과물을 길어 올렸기 때문에, 사건은 실제보다 훨씬 더 규모가 거대해보였다. 하루에도 몇 개씩 '~녀' 시리즈가 새로 나타났지만 '지하철 자뻑녀'의 아성을 따를 수는 없었다.

익명 씨들은 내 신상 정보를 캐기 시작했다. 재수 없게도 나는 학교 행사에서 나눠준 파일을 들고 있었고 거기에는 학교 로고가 선명했다. 이틀이었다. 정확히는 36시간 정도가 걸렸던 것 같다. 나의 학교와 학과, 실명과 싸이월드의 미니홈피가 공개되었다. 욕설이 가득한 쪽지가 쏟아졌고 하루에도 수십 번 전화가 울렸다. 받으면 아무 말 없이 끊거나, 다짜고짜 욕을 퍼부었다. 우리 학교 커뮤니티에도 비난하는 글이 올라오기 시작했다.

―지하철 자뻑녀 진짜 우리 학교임? 창피해서 살 수가 없음.

―이게 웬 학교 망신? 그 파일은 왜 들고 다녀가지고 진짜.

그 정도로 화제가 되니 인터넷 기사가 올라오기 시작했다. 〈장애인에게 욕설…… '지하철 자뻑녀'에 네티즌 분노〉, 〈'지하철 자뻑녀' 신상 공개……사생활 침해 우려〉, 〈'지하철 자뻑녀' 동영상 확산〉 등의 글귀가 각종 포털 사이트의 메인 화면에 어지럽게 떠다녔다. 나는 거의 며칠 동안 제정신이 아니었다. 인터넷 기사 등에서는 얼굴이 모자이크 처리되었기 때문에, 넘쳐나는 기사를 본다 해도 엄마아빠가 모르는 것이 다행이라면 다행이었다. 하지만 조금만 검색하면 내 개인정보는 금방 찾을 수 있었다. 공공재가 따로 없었다.

정신을 차리고, 나는 정면 돌파를 선택했다. 용기를 내서 사용자가 많은 인터넷 게시판에 해명하는 내용의 글을 썼다. 나는 일명 '지하철 자빽녀'로 알려진 해당 동영상의 인물이다, 그러나 오해가 있었음을 믿어주었으면 한다. 그리 길지 않은 내용이었지만 나는 수없이 쓰고 지우기를 반복했다. 아 다르고 어 다르다고, 같은 뜻의 단어를 쓰더라도 어떤 것을 고를지 예민해질 수밖에 없었다.

그 어느 때보다 공을 들여서 작성한 글은 그러나 동영상만큼의 관심을 끌지 못했다. 목격자를 자칭하는 사람들의 글이 폭주했고 이제 그만 반성하라고 성토하는 댓글이 줄을 이었다. 진짜인지 알 수 없지만 안경녀가 쓴 글이 더 열렬한 반응을 얻었다. 진실을 담은 글은 한 발자국도 진실에 다가가지 못했고 누구도 믿지 않는다. 그건 차라리 공포였다.

얼마 후 '승강이' 카페가 해킹 당했다. 나는 모든 의욕을 잃었고 핸드폰을 끈 채 잠수를 탔다. 우리가 썼던 소설과 합평 기록이 인터넷에 휴지 조각처럼 떠돌았고 허세의 상징이 되었다. 내가 쓴 콩트의 제목이 일시적인 유행어로 쓰이기도 했다. 만나기는커녕 옷깃 한 번 스친 적 없는 사람들이 그처럼 악의에 찬 공격을 퍼붓는다는 사실이 믿어지지 않았다. 아니, 만난 적 없기에, 내가 한 사람의 인간이라는 사실을 체감할 기회가 끝내 없기에 가능한 일이기도 했다. 그건 의협심도 정의의 실천도 아니었다. 종일 인터넷을 하다 보면 필연적으로 유희거리가 필요하다. 얼굴과 이름이 깨끗하게 제거된 나는 질겅질겅 씹을 수 있는 오징어 다리였다.

지하철 성추행 문제를 놓고 남녀가 편을 갈라 싸웠고 내가 다니는 대학교의 수준이 거론되는가 하면 여자들은 지하철을 못 타게 해야 한다는 말까지 높은 공감수를 얻었다. 하도 많은 말이 범람하는 통에 모든 의견을 하나로 조합하면 기이한 논리가 태어나곤 했다. 그들은 수천 개의 입으로, 성추행은 '만질 만한' 여자에게만 일어나는 일인데 동영상과 사진을 놓고 봤을 때 저 여자는 그런 매력이라고는 눈곱만큼도 없다, 그런데도 과민 반응하여 장애인과 같은 약자를 함부로 대했으니 찢어죽일 년이다, 그렇게 말하고 있었다. 종내는 내가 예쁘지 않은 것이 문제인지, 장애인을 성추행범으로 몰아붙인 게 잘못인지, 장애인보다 약자가 아니어서 용서할 수 없는지 혼란스러울 지경이었다.

—저런 년들이 어디 가서는 대학생이랍시고 유세 떨고 다니겠지. 명문대 다니면 뭐하나, 인품이 개만도 못한데.

—나 오늘 저 여자 **역에서 봤음. 거기가 집인가?

—어, 옛날에 내가 학원 같이 다녔던 그 여자 같음. 이름이나 이런 건 모르겠는데 얼굴이 딱 맞네. 그때부터 싸가지 없는 거 내가 알아봤음.

나는, 얻어맞고도 떠나지 못하는 똥개처럼 모니터 앞에 주저앉아 몇 시간이고 나를 향한 욕설을 읽었다. 내가 간 적 없는 장소에서 나를 봤다는 목격담이 출몰하고 있지도 않은 친구가 나타났다.

눈을 감거나 뜨면 천장 위로 날카로운 말들이 우르르 떨어졌다. 언어는 기표가 실체와 가까워지도록 애를 쓰는 과정이며 그 모든 것의 목표는 궁극적인 진실이라고 믿었다. 그런데 진실과는 전혀 관계없는 말이 버젓이 존재할 수 있다면, 그리고 실제보다 더 실제인 척 떠돈다면 말과 글은 도대체 무슨 의미가 있을까. 궁극적인 진실이라는 게 있긴 할까. 어쩌면 그때, 정말 내 기억이 착란을 일으켜 착각을 한 것은 아닐까. 혼란스러웠다. 몸속에서 무언가 송두리째 떨어져나간 것 같았다.

***

“야! 우리 왔다, 문 열어!”

누군가 문을 쾅쾅 두드렸다. 잔뜩 신경이 곤두선 나는 온몸을 움츠린 채 한동안 꼼짝도 하지 않았다. 야, 그렇게 말하면 더 쫄잖아. 밖에서 두런거리는 소리가 들렸다. 나는 천천히 기어가 비디오폰을 들여다보았다. 세 개의 익숙한 얼굴이 인터폰 화면을 가득 메웠다. 인욱과 지호, 그리고 강이었다.

“전화는 좀 받지. 걱정했잖아.”

“정인, 말랐어요. 밥 먹었어요?”

“얼굴이 아주 못 쓰게 됐네. 냉장고에 상한 거 다 버린다?”

셋은 먹을 것을 잔뜩 사서 들고 왔다. 나는 기진하여 고개만 끄덕였다. 얼굴을 보자 다시 금방이라도 눈물이 쏟아질 것 같았다.

“정인, 울지 마요. 정인은 착한 사람. 내가 알아요.”

강이 더듬거렸다. 착한 사람. 강에게는 그것이 유일한 표현이었다. 그것은 우리가 일상적으로 쓰는 착하다는 말과 달랐다. 그 안에는 강이 타인에게 품을 수 있는 가장 부드럽고 다정한 호의가 창고 속 통조림처럼 차곡차곡 쌓여 있었다. 실제로 내가 못된 인간이라 해도, 강에게 질투를 느끼는 속 좁은 친구라 해도, 그 동영상 속의 왜곡된 모습이 실체가 아니라는 것을 아는 한 나는 강에게 '착한 사람'일 수 있었다.

"모르는 사람들, 말, 울지 마요."

강이 어깨를 토닥였다. 강은, 그 남자가 나를 만진 것보다 아무도 내 말을 믿어주지 않는 데서 내가 상처를 받았다는 사실을 아는 것 같았다. 한국말도 못하는 주제에, 인터넷에 넘쳐나는 말 중 절반도 못 알아들었으면서 강은 나를 위로하려고 했다.

"……미안해."

나는 울음을 참느라 좀 이상한 목소리로 그렇게 말했다. 라면을 끓여온 지호가 옆에 있던 책을 끌어다 냄비 받침으로 삼으면서 말했다.

"뭘. 나 라면 끓이는 거 좋아하니까 신경 쓰지 마. 근데 내 맘대로 계란 넣었다. 정인이도 계란 좋아하우?"

"그게 아니라……카페, 해킹당한 거. 너네 소설……이랑."

"신경 쓰지 마. 소설은 보기에도 불편하고 읽고 욕하는데 시간도 많이 걸려서 얼마 안 가서 시들해실 거야. 사진이었다면 재미있었겠지만. 어디 화끈한 사진 없니, 인욱아?"

"뭐어, 우리도 맨날 남의 소설 욕하는데, 누군 내 소설 욕 못하겠냐."

인욱이 라면을 후룩거리면서 대수롭지 않게 말했다. 처음에 내가 인터넷 카페에 가입할 때까지만 해도, 표절을 하거나 소설을 빼돌리면 지옥까지 따라간다던 고인욱이 아닌 것 같았다. 이상하게 다정해서 기분이 나빴지만 이건 또 이거 나름대로 괜찮은 것 같다는 그런 생각이 들었다. 강은 라면이 너무 맵다며 시뻘건 얼굴 가득 땀을 흘렸다. 왜 먹지를 못하니, 지호가 강을 붙들고 연기했지만 강이 그 명대사를 알 리 없으니 눈만 멀뚱멀뚱 굴렸다.

"그나저나 너 부모님은 모르시냐? 알면 당장 잡혀갈 텐데."

"검색을 안 하면 굳이……. 알아봤자 좋을 거 없으니까."

"에이, 너 새해부터 똥을 밟아도 진짜 크게 밟았구나. 올해 액땜은 이걸로 다 하겠다."

"애때?"

"액땜."

지호가 강의 발음을 바로 잡아주며 액땜의 의미를 설명하는 사이, 인욱이 햇반을 라면 국물에 말면서 말했다.

"근데 이번 신춘문예 봤어? 소설 당선자가 우리랑 동갑이다."

"……그래?"

"요 근래 신춘문예 수상자 중에 제일 어려. 그래서 꽤 화제가 되고 있는데, 내 생각엔 어린 것보다 좀 잘생겨서 그런 것 같아."

"괜찮아. 걔보다 정인이가 더 유명하니까."

지호가 농담인지 진담인지 모를 표정으로 구시렁거렸다.

"읽어봤어?"

"아니. 난 나 떨어뜨린 데 수상작은 안 읽는다니까?"

내가 묻자, 지호가 호호 웃으며 손을 저었다. 지호는 비교적 꾸준히 공모전과 신춘문예에 소설을 투고하고 있었다. 등단이나 수상을 하고 싶은 게 아니라, 물리적 마감의 의미라고 했다. 그렇게라도 하지 않으면 급한 일에 치어서 자꾸 미루게 된다고. 인욱도 대학생 문학상의 로또라고 불리는 대산문학상에만 해마다 투고를 하는 눈치였다. 그때 그 5만원 상품권 사건 이후로 큰 공모전만 내는 걸까 궁금했지만 꾹 참았다. 발표가 나는 날이면 두 사람은 등단하거나 당선된 사람의 나이와 수상소감을 확인하고 괜히 트집을 잡았다. 애가 벌레를 못 잡게 생겼다, 수상 소감을 보니까 자기가 4차원이라고 생각하는 것 같은데 밥맛이다, 이런 눈썹을 한 애들은 잘 때 코를 곤다. 그런 식의, 무익하고 무해한 종류였다. 그리고 나면 떨어진 핑계를 대고 나한테 술을 사달라고 졸랐다. 진심으로 낙담한다기보다는 정말로 이벤트 중 하나로 여기는 것 같았다.

"걔는 어떤데……?"

"술버릇이 고약하게 생겼어."

"수정 언니 닮았어?"

"응."

"뭐야, 남자라며."

"근데 수정이 닮았어. 그럼 꽃미남인가?"

내 또래가 소설로 등단했다는 소식은 거짓말 같았다. 뭘 먹고 뭘 읽고 어떻게 썼길래 벌써 그게 밥벌이가 될 만한 글을 만들어내나. 같은 시간을 체험하며 살아왔건만 그 안에 든 것은 다르다고 생각하니 은근히 배알이 꼬이기까지 했다.

"에잇, 이놈의 세상. 우리만 빼고 다 망해버려라!"

우리는 주먹을 꽉 쥐고 소리쳤다. 지호와 강과 인욱이 번갈아가면서 떠들어대는 통에, 나는 잠시 우는 것을 잊었다.

라면을 다 먹었을 때 인욱과 지호가 상을 옆으로 밀고 일어섰다. 멀뚱히 쳐다보고 있으니, 라면 국물 떠먹던 숟가락을 하나씩 잡고 자못 비장하게 말했다.

"우울해하는 서정인을 위해 우리가 위문 공연을 준비했다."

지호의 목소리는 워낙 커서 작은 방이 우렁우렁 울렸다. 인욱은 그냥 서 있는 것만으로 이미 얼굴이 시뻘겠다. 뭔지는 모르지만 지호에게 떠밀려 하는 게 분명했다.

"저거. 두 사람, 연습해요. 정인을 보여주려고."

강이 깔깔 웃으면서 손뼉을 쳤다. 인욱이 욕을 중얼거리면서 스마트폰에서 음악을 찾아 틀었다. 쿵짝거리는 배경음악이 귀에 익었다. 이건…….

"하루아침에 유명인이 된 정인이에게 바치는 노래입니다."

"'비'의 '내가 유명해지니 좋니!'"

둘은 문방구에서 급하게 구입한 게 분명한 커다란 선글라스를 꺼내더니 사이좋게 꼈다. 그리고서 도대체 흐느적거리는 건지 삐거덕거리는 건지 알 수 없는 춤을 추기 시작했다. 지호는 자기의 춤에 엄청나게 도취했고 인욱은 너무 창피해하는 티가 나서, 보는 사람을 부끄럽게 했다. 전주가 끝나자 두 사람은 숟가락을 마이크 삼아 노래를 부르기 시작했다. 가창력이 필요 없는 노래였지만 아예 음정을 무시하고 꽥꽥 지르는 목청이 압권이었다.

"내가 유명해지니 좋니! 갑자기 내가 아까운 것 같니! 그러기에 왜 날 떠났니!"

절정 부분에서 인욱이 쭈뼛거리면서 앞으로 나왔다. 뭘 하려는 건지, 티셔츠의 아래쪽을 잡고 계속 머뭇거리는 게 심상치 않다. 그러거나 말거나 지호는 잔뜩 흥에 겨워 내가 화장을 지울 때 쓰는 티슈를 마구 뽑아 날리고, 강은 음악과 맞지 않는 춤을 추기 시작했다. 방 안에 새하얀 티슈가 꿈결처럼 나풀거리고, 나는 웃어야 할지 울어야 할지 알 수 없어 물개처럼 박수만 쳐댔다.

"뭐랬니! 뭐랬니! 뭐랬니!"

"뭐랜니!"

강이 어설프게 후렴구를 따라 하는 순간, 지호가 소리 질렀다.

"인욱아, 가라!"

"씁~ 하!"

인욱이 거친 숨소리를 내면서 티셔츠를 걷어 올렸다가 황급히 내렸다. 배에 싸인펜으로 그린 게 분명한 왕(王)자가 잠깐 보였다가 사라졌다. 꺅! 콘서트 장에 온 팬클럽 회장처럼 소리를 지르려고 했는데, 그만 웃음이 터졌다. 그게 비가 무대에서 하는 퍼포먼스의 흉내라는 것은 나중에 알았다.(외관상 너무 차이가 나서 몰랐다고 했더니 인욱은 막 화를 냈는데, 이왕이면 비와 체격이 비슷한 강이 하는 게 나았을 거라고 얘기했을 때는 진심으로 삐졌다.)

"같이 불러요!"

지호가 갑자기 숟가락을 내 쪽으로 돌렸다. 그 순간 나도 모르게 모이를 기다리는 제비 새끼처럼, 고등학교 때 야간 자율학습을 빠지고 '쇼 음악중심'의 녹화를 보러 갔을 때처럼 입이 짝 벌어졌다.

"뭐랬니! 뭐랬니! 뭐랬니!"

나는 목이 터져라 후렴구를 따라 불렀다. 손에 야광봉이나 풍선이 있었다면 금상첨화였을 텐데 아쉬운 대로 젓가락을 양 손에 하나씩 들고 흔들었다. 강이 영어로 랩을 폭풍같이 쏟아놓았는데, 무슨 말인지 하나도 못 알아들었지만 나름 힙합의 본토에서 온 티가 났다. 작은 방이 무너질지도 모른다는 생각이 드는 순간 짠, 짠, 짠, 하면서 노래가 완전히 끝났다. 인욱이 낮게 깐 목소리로 마지막 가사를 내질렀다.

"뭐랬니!"

"서정인이. 유명해지니 좋냐?"

지호가 심야의 라디오 DJ처럼 느끼하게 속삭였다.

"좋기는 개뿔이!"

나는 인욱의 숟가락을 빼앗으며 소리쳤다. 약속한 것처럼 웃음이 터졌다. 진짜 개뿔이었다. 욕을 먹어서 수명이 늘어난다면 1세기를 살 수 있을 정도니까. 하지만 지호처럼 답이 없는 음치가 그렇게 자신만만하게 노래를 부르는 모습이나, 인욱의 갈비뼈 앙상한 배는 물론이고 음정과 리듬을 무시한 채 자기 느낌에 취해 춤을 추는 강은 돈 주고도 못 볼 진풍경이다. 그 꼴을 보고 있자니 내 의지와는 상관없이 늘어난 수명은 머릿속에서 싹 지워졌다. 나는 울면서 웃었고, 엉덩이에 뿔이 나니 마니 서로 놀리다가 기진맥진하여 널브러졌다. 강이 테이블을 발로 차는 바람에 라면 국물이 쏟아졌고 지호가 뽑아서 날려놓은 티슈로 닦느라 쓰레기 봉투가 꽉 찼다.

나중에 지호와 인욱의 가방에서 마시다 만 소주팩이 하나씩 나왔다. 제 정신으로는 도저히 할 자신이 없었던 것이다.

* * *

—인아, 동영상 봤다. 누구 조카 아니랄까봐 화면 잘 받대. 다음에 영화 찍으면 니 주인공 시키야겠다.

"남자배우 없으면 안 찍는다."

나는 코를 훌쩍거리면서 대꾸했다.

—야, 물이랑 연애는 셀프다. 알겠나?

제주도의 거센 바람소리가 웅, 웅, 몰아쳐 고모의 말은 잘 들리지 않았다. 나는 수화기에 귀를 꼭 붙였다.

—울지 마라. 눈썹도 처음 없을 땐 죽을 것 같았는데 3주 지나니까 다 자라더라. 니도 그리 될 기다.

괜찮아.

그 말이 몸속으로 흘러들어와 둥그렇게 고이는 기분이 들었다. 빗장뼈와 빗장뼈 사이, 좁고 깊은 그쯤에. 나는 입술을 달싹이며 그 말을 따라했다. 괜찮아. 정인아, 괜찮아.

고모의 말대로였다. 얼마 지나지 않아 동영상 파문이 시들기 시작했다. 후반에 들어서는 나에 대한 동정론과, 해명하는 글이 진짜였을지도 모른다는 추측이 슬그머니 등장했다. 죽자고 물어뜯다가 이제 살점이 없으니 다른 곳을 쑤셔보는 것 같았다. 그때 유명 연예인의 도박 사건이 터졌다. 내가 욕하고 행패 부리는 동영상과는 비교가 되지 않는 이슈였고 정의의 재판관들은 그쪽으로 달려가기 바빴다. 곧 나에 대한 모든 말들이 막혔던 배수구가 뚫린 듯 꿀렁꿀렁 빠져나갔고 나는 사람들의 머릿속에서 빠르게 지워졌다.

남은 것은 문득 생각났다는 듯 오는 욕설 전화 정도였다.

나는 미용실에 가서 허리까지 내려오던 머리를 잘랐다. 휑하게 드러난 목덜미로 아직 쌀쌀한 겨울바람이 몰아닥쳤다. 아스팔트 위로 난 선을 따라 걸으면서 나는 중얼거렸다.

나는 머리를 자르고, 걷는다.

나는 머리를 짧게 자르고, 다시 걷는다.

나는 머리를 자른 채 빠르게 걷는다.

나는 머리를 자른 후 곧게 걷는다.

나는 짧은 머리를 찰랑이며 걷는다.

나는, 걷는다.

그것들은 내게서 떠나지 않았다. 한동안 내팽개치고 잊고 살았건만 아직도 내 안에 있었다. 이 모든 말들이 예전처럼 완벽하지 않더라도, 그러니까 모든 것을 가리키고 규명하고 설명하고 묘사할 수는 없다 해도.

내게 유효한 그 정도면 충분하다는 생각이 들었다.

# 6
# This is a love story

봄 학기 개강과 동시에 학교에는 신록처럼 활기가 돋았다. 캠퍼스는 있어야 할 곳을 점한 자들 특유의, 당당하고 무심한 기운을 화관처럼 두른 새내기들로 들어찼다. 학교에 가자 기다렸다는 듯 재야 재, 하면서 나를 쳐다보는 시선들이 느껴졌다.

"그런 게 바로 유명세지."

"줘도 안 갖는다."

인욱이 어깨를 으쓱거렸다. 스터디의 사이클은 다시 2주에 한 번으로 돌아갔고, 강이 문학회의 회원이 아니었기 때문에 우리는 농아리방 대신 계속 카페에서 만나기로 했다.

그동안 강의 소설은 절반 정도 모습을 드러냈다.

"강, 저번에 했던 이야기. 미국에서 당했던 린치, 그런 걸 '김'이 겪은 일로 가공해서 써보는 건 어때?"

"왜?"

"왜냐니, 그건 강이 겪은 큰일이기도 하고. '김'이 겪어야 했던 차별을 좀 더 생생하게 보여줄 수 있으니까."

그 말에 강이 인욱을 빤히 쳐다보았다. 아까까지 열심히 설명한 것을 다시 묻는 지진아를 책망하는 선생님 같은 눈이었다.

"내가 혼혈이라서, 김이 아시안이라서. 불이익은, 중요하지 않습니다. 내가 쓰는 이야기는, 장애물, 르포, 아닙니다. This is a love story."

강은 단호했다.

"그건 나도 알지. 하지만 강, 들어봐. 그 사랑이 어떤 것인지, 보는 사람들이 알게 하려면, 외부의…… 아니 다른 이야기도 써야 해요. 이 세상에 딱 두 사람만 사는 게 아니니까."

그렇게 말하던 인욱이 문득 자기 머리를 벅벅 긁었다. 누가 누구한테 설교람, 그 혼잣말은 인욱이 인터넷 카페에 올린 연애 소설을 떠올리게 했다. '글상자'의 맨 밑에 있었고 날짜를 보니 스터디 초반에 쓴 글이었다.

인욱은 사랑 이야기를 딱 한 번 썼고, 처음이자 마지막인 그것은 행간마다 진짜 사랑해본 사람만이 쓸 수 있는 문장이 넘실거렸다. 나는 매사에 까탈스럽고 신경질적인 인욱이 누군가를 따스한 눈으로 굽어본다는 것이, 누군가 그런 인욱을 '어머 멋있어!' 하는 눈으로 본다는 것이 도무지 상상이 가지 않았지만 하나만은 알 수 있었다. 그 소설은 진짜였다. 인욱의 살과 경험을 녹여 쓴 것이었다. 이미 픽션이냐, 논픽션이냐를 가지고 지호와 대판 싸웠다기에 나는 아무 말도 하지 않았다.

소설에서는 팽팽한 장력이 느껴졌다. 어떻게든 두 사람의 이야기를 이 세상에 붙들려는 노력이었다. 누군가 기록하고 기억하지 않으면 수증기처럼 사라져버릴 기억. 소설이라고 해놓고, 그 속에는 두 사람의 사랑이 성립할 수 있는 근거, 플롯의 개연성, 인물 행동의 당위성이나 일관성이 하나도 지켜지지 않았다. 이 세상에 '나'와 '그녀', 딱 두 사람만 있는 것 같았다. 맨발로 여자가 아스팔트 도로로 뛰쳐나가고, 신발을 들고 쫓아간 남자가 길 한복판에 주저앉아 미친년아, 개새끼야, 욕하며 싸우던 순간 어디에, 차분하고 비비 꼬인 고인욱이 있었을까. 나는 인욱이 내게 평생에 걸쳐 보여주지 않을지도 모르는 어떤 면을, 그 애가 쓴 것 속에서 읽었다. 그것은 빈정거리는 어조와 깡마른 어깨처럼 매일 마주치는 인욱보다 훨씬 강렬했다.

나는 강이 오늘 써온 부분에 밑줄을 그었다. 리나에게 김이 젓가락질을 가르쳐주고 있었다. 강의 소설에는 드문드문, 리나와 김을 가로막는 장애물이 등장했으나 그 이상의 논의로 발전하지는 못했다. 강에게 문제를 파고든다거나 비판하는 의지가 결여되어서 그런 건 아니었다. 오히려 인종 간의 권력관계나 미국 사회의 부조리를 짧은 장면으로 압축하는 힘은 서툰 문장이 흐트러뜨리는 집중력을 단숨에 바로잡을 만큼 셌다. 강은 그저, 모든 불순물을 제거하고 가장 순도가 높은 원석만을 남기는 보석 세공사가 되고 싶은 것 같았다. 가능한 페이지는 모두 리나와 김이 어떻게 사랑했는지 묘사하는 데 할애했다. 리나와 김이 속한 세계와, 거미줄처럼 얽혀 있는 외부의 요인은 그래서 강의 소설에서 중요하지 않았다. 소설의 시야는 완전히 두 사람에게 고정되어 일 밀리미터도 옆으로 비끼지 않을 것 같았다.

"외부의 모든 요인을 제거했을 때, 과연 그 사랑이 얼마나 오롯한 형태로 남을 수 있을까?"

강이 영어 학원 아르바이트 때문에 먼저 자리를 뜬 후 인욱이 말했다. 사랑이라는 것도 결국에는 관념이라서, 무수한 은유와 환유가 필요했다. 두 사람만의 감정에 집중한다고 해도 한계가 있었다. 내가 너를 사랑한다는 명제를 충족하기 위해서는 사랑하지 않는 무언가, 혹은 그 사랑에 비견할 어떤 것이 필연적으로 요청되는 것이다. 더군다나 이 땅에 발을 딛고 사랑하기 위해서는 신경 쓰고 유지해야 할 것들이 너무 많았다. 잡초 같은 그것에 소홀했다가는 대번에 풀씨 같은 사랑은 파먹혀 버리는 것이다. 눈이 멀고 귀가 먹은 채 인욱의 손을 잡고 걷던 여자가, 그 사이 커져버린 저쪽 세계의 악력을 견디지 못하고 저벅저벅 걸어가 버렸듯이.

"일단은 완성이 되어봐야 알겠지."

인욱이 말을 아끼면서 담배에 불을 붙였다. 어머니가 미국인이고 아버지가 한국인이라는 것 외에, 강의 부모님에 관한 이야기는 들을 수 없었다. 소설의 처음부터 끝은 처음 사랑에 빠진 순간부터 그 사랑의 절정까지로 정해져 있었다. 강의 잉태나, 그 후의 삶은 깨끗하게 삭제되어 있었다. 우리는 막연히 짐작할 수 있을 뿐이다. 강이 두 사람의 사랑 이야기를 기록하겠다고 이 먼 땅까지 날아온 이상, 리나와 김의 실제 모델들이 샌프란시스코의 따사로운 햇살 아래서 오렌지를 까먹으며 바캉스를 즐기고 있지는 않을 거라는 예측.

영어 말하기 동아리 애들의 말에 따르면 강의 영어는 사투리 억양이 강했다. 정확히 어느 쪽인지는 알 수 없지만, 샌프란시스코 토박이는 아니라는 것이다. 강은 감추는 것이 많았다. 아직 쓰이지 않은 리나와 김의 미래에, 예상치 못한 비극이 기다리고 있는지도 모르는 일이었다. 이 순도 높은 사랑 이야기를 아슬아슬하게 만드는 것은 어설픈 문장이나 틀린 맞춤법이 아니라, 그런 불길한 예감이었다.

강은 여전히 쓰는 중이었다. 캄캄한 어둠 속에서 일일이 손으로 짚어보고 만지면서 더듬더듬 앞으로 나아가는 것 같았다. 묻고 싶은 말이 많았지만 굳이 답을 들을 필요는 없었다. 강의 소설이 완성되기를 기다리기만 하면 된다. 인욱이 빨간 펜을 들어 조용히, 강이 쓴 '칠흙 같은 어둠'을 '칠흑'으로 바꾸었다.

***

내가 인욱을 본 것은 유난히 날씨가 따뜻했던 3월 셋째 주였다. 겨울에 비해서 확실히 해가 길어서 오후 여섯 시쯤

인데도 세상은 아직 환했다. 나는 과외 아르바이트의 면접을 보고 돌아오는 길이었다. 용돈은 넉넉했지만 내 이름으로 된 돈이 필요했다. 수정 언니와 지호와 밤새도록 술을 마시고 버지니아 울프의 『자기만의 방』을 읽은 탓이기도 했다. 『무진기행』을 읽었으면 당장 무진행 기차를 탔을 거다.

구직은 처음부터 난관에 부딪혔다. 초등학교 5학년짜리의 전 과목을 맡아줄 과외선생님을 뽑는 데 면접까지 있을 줄은 생각도 못했다. 그 자리에는 내가 가르쳐야 하는 학생 대신 말이 조금 길어질라치면 그래서요, 하고 결론을 재촉하는 학생의 엄마가 있었다. 면접이 절반 정도 진행되었을 때 나는 불어불문과라는 전공이 그녀에게 그다지 매력적이지 못하다는 사실을 어렴풋이 눈치 챘다. 그녀는 다음 선생님을 만나봐야 하니 이만 가달라는 부탁을 하며, 조만간 연락하겠다는 말을 남겼다. 스마트폰을 켜서 '사교육에 열을 올리는 엄마와 익명으로 존재하는 아이', 라는 문장을 메모장에 써넣었다가 지웠다. 너무 흔했다.

구두 때문에 발바닥이 아팠다. 힘든 게 아니라 짜증이 났다. 눈 딱 감고 양손에 구두를 쥐고 맨발로 걷고 싶었지만, 담뱃진과 가래침으로 얼룩덜룩한 보도블록을 보니 엄두가 나지 않았다. 편의점에서 물이라도 사야겠다고 생각하며 모퉁이를 돌았을 때, 그곳에 인욱이 있었다.

면접을 보러 온 동네는 낯선 곳이었다. 그제야 나는 이곳이 고시촌이 밀집한 지역이라는 것을 떠올렸다. 편의점 앞에 내놓은 플라스틱 의자에 주저앉은 남녀는 진부했다. 언뜻 보기에도 어딘가 세상에 찌들었고, 얼마간 돈이 없는 커플들. 애틋하게 서로 끌어안거나 배신에 치를 떨며 울부짖거나, 지친 표정으로 누군가는 라면을 먹고 누군가는 꼬마김치를 뜯어 얹어주는 게 그들이 할 수 있는 전부였다. 물론 내게 그런 모습이 익숙한 것은 어디까지나 소설을 통해서였지만. 연애를 글로 배웠다는 게 바로 이런 경우를 두고 하는 말이다. 남자의 얼굴을 보았을 때 나도 모르게 그만 몸을 벽 쪽으로 바짝 붙였다.

인욱은 물을 부어놓은 컵라면을 앞에 놓고 한 여자와 마주앉아 있었다. 구부정한 어깨와 얼굴에는 지친 기색이 가득했다. 한낮처럼 밝았지만 한낮과는 달리 모든 것들이 노르스름한 빛을 띠고 있었다. 근처에 가득한 고깃집 때문에 공기는 기름지고 탁했다.

인욱은 소주를 따서 여자의 잔을 채워주었다. 나는 여자가 인욱보다 훨씬 나이가 많다는 것을 알아차렸다. 여자는 무릎이 나온 추리닝을 입거나 슬리퍼를 끌지는 않았지만 갑작스레 불어난 몸을 감추고 싶어 하는 사람처럼 종아리까지 내려오는 고무줄 치마를 입고 있었다. 나는 한눈에 그녀를 알아보았다. 인욱이 썼던 소설 속 여자, '너'였다. 연애 소설의 마지막, 신림동의 보도블록 사이로 쏟아진 물처럼 사라진.

두 사람은 뚜껑을 열어젖히고 땀을 뻘뻘 흘리며 컵라면을 먹기 시작했다. 여자가 고개를 들었고 해가 더 기울면서 모든 것이 처음보다 또렷하게 보였다. 두 사람은 느린 화면처럼 움직였다. '너'가 젓가락을 쥔 채 집게손가락으로 윗입술을 쓱 문질렀다. '매운 것을 먹을 때면 언제나 손가락으로 윗입술을 쓱 문지르는' 소설 속 '너'의 그 습관이었다. 다가가 들여다보지 않아도 나는 '너'의 앞니가 '묻지 마 폭행 때문에 끝이 깨졌다'는 것을, '그래서 앞니로 무엇인가를 끊을 때는 입술을 한껏 오므'리는 것을 알 수 있었다. 나는 잔뜩 긴장한 채 벽에 더 달라붙었다.

인욱의 글은 '너'가 일반적인 미적 기준은 물론 한 인간으로서의 완성도에도 한참 도달하지 못한다는 사실을 인정하면서도 모든 것이 그 자체로 얼마나 완벽한지 썼다. 그 글을 읽으면 누구든, 남자와 '너'를, 그리고 서로 사랑하는 두 사람을 사랑하지 않을 수 없었다. 인욱의 표현을 빌리자면 '지극히 원시적인 설렘'으로.

그런데…….

쿵작쿵작, 나이트클럽을 홍보하는 트럭이 요란한 음악 소리를 흘리며 스쳐지나갔다. 나는 고개를 쭉 빼어 두 사람을 잠깐 훔쳐보았다가 다시 벽에 숨기를 반복했다. 현실의 두 사람에게는 어디에도, 내가 상상했던 고즈넉함이나 달콤한 분위기는 없었다. 당연한 일인지도 몰랐다. 소설부터가 해피엔드가 아니었다. 한 번 헤어졌다가 다시 만나는 것도 충분히 구질구질한데 그런 짓을 어림잡아 서너 번 반복했다. 그렇게 거창하게 결말을 내놓고 다시 만나다니, 나는 어딘가 배신감이 들었다. 그것도 삼겹살 굽는 냄새 진동하는 고시촌 한복판에서 서로 컵라면이나 먹는 꼴로 말이다. 소설 속에서 모호하고 낭만적으로 처리되었던 '저쪽 세계'의 부름은 결국 '너'가 임해야 하는 어떤 시험, 무수한 고시 중의 하나였다. 흔하고 진부하고 시시했다. 나는 그만 맥이 빠졌다.

하나도 새로울 것 없는 사랑 노래가 번번이 감명 깊은 까닭은 단순했다. 영화면 영화, 소설이면 소설, 제 각각의 방식을 거쳐 연출되기 때문이다. 사랑하는 누군가에 대해서 쓸 때, 이미 묘사하는 대상이나 묘사되는 대상은 실체에서

멀어질 수밖에 없다. 자음과 모음의 조합 속에서 그 사람은, 재현되는 것이 아니라 새로 태어난다. 그렇게 열렬한 눈으로 바라본 대상은 이 세계의 실존이 아니라 자신의 안에서 재구축되고, 문장 속에서 창조된 인물이다. 두 사람 사이에서만 의미를 획득하는 세계의 질서, 이를테면 사랑의 낌새 같은 것은 오직 그 안에서만 유효하다. 활자 속에서는 그토록 아름답던 것들이 현실에서는 남루하다. 바로 지금처럼.

인욱은 라면이 불어터지는 것도 모르고 내내 '너'를 쳐다보고 있었다. 그 얼굴은 낯설었다. 소설을 읽을 때는 내가 곧 남자였고 '너'였지만, 정작 진짜를 맞닥뜨리자 누구에게도 감정을 이입할 수 없었다. 두 사람은 편의점 플라스틱 의자에 주저앉은, 배기가스에 바짝 절은 국 멸치 같은 남자와 고시준비를 하느라 수분 하나 없이 꾸들꾸들 말라버린 북어 같은 여자 그 이상 이하도 아니었다. 그런데 도대체 어떻게 서로에게 빠졌을까. 사랑이라는 것이 저 두 사람에게 가당키나 할까.

둘은 가만히 테이블 위에서 손을 잡았다. 두 사람 다 처음부터 그랬다는 듯 자연스러웠다. 나는 '너'가 아니었기 때문에 인욱의 구부정하고 깡마른 어깨에서 사랑의 실마리를 발견할 수 없었다. 인욱이 아니었기 때문에 커다란 눈이 약간 찌그러진 듯한 '너'에게서 모든 정신을 빼앗는 갈고리를 찾아내지 못했다.

나는 절룩거리며 그 자리를 벗어났다. 발이 아팠다.

***

"안녕하십니까!"

"……아, 네. 안녕하세요. 근데 누구세요?"

동아리방에 들어서니 머리가 까슬까슬한 남자애가 인사를 했다. 군복을 입고 있었는데 처음 보는 얼굴이었다. 내가 우물쭈물하자 갑자기 딱, 자세를 잡더니 우렁찬 목소리로 그랬다.

"상병 김상철! 통계학과 **학번, 휴가 나왔습니다!"

"어우 야, 하지 마. 누가 여기서까지 그러래."

수정 언니가 닭살이 돋은 팔을 닥닥 긁었다. 상철은 작년에 군대를 갔는데 휴가를 받아 오랜만에 학교에 놀러온 참이었다. 갓 다린 셔츠처럼 빳빳하게 굴던 상철은 내가 자신보다 한 살이 어리다는 것을 알자마자 자연스럽게 말을 놓았다.

"아, 맞다. 인욱이 언제 와요? 나 할 말 있는데."

상철이 수정 언니를 돌아보면서 말했다. 나는 얼른 끼어들었다.

"인욱이, 오늘은 못 오는데요. 알바가 저녁에 끝나요."

"그래? 그럼 기다렸다가 저녁에 만나지 뭐. 걔 어차피 집이 이 근처잖아. 정인이라고 했지? 오빠랑 밥 먹으면서 기다릴까?"

나는 초조해졌다. 처음 봤지만 대뜸 "오빠랑~" 운운하는 이 사람과 인욱을 만나게 하고 싶지 않았다. 인욱은 군대를 면제받았다는 이유로 휴가를 나오는 동기들은 물론 입대 영장을 받아놓은 후배들에게까지 무시를 당했다. "야, 군대 안 가니까 시간 넘쳐나겠다. 우리보다 인생이 적어도 2년은 앞서나가야지?"

인욱은 그런 말들이 자신을 분노하게 하는지 상처 주는지 잘 모르겠다고 말했다. 술에 취하지 않았다면 평생 입 밖에 꺼내지 않았을 말이다. 인욱이 친구들과 만난 자리에서는 그 애의 일상, 그 안에 깃들기 마련인 아르바이트의 고됨이나 슬픔에 대한 한탄은 용납되지 않았다. 대다수가 끌려가는 세계로 진입하지 않았다는 이유 때문에, 힘들다고 말하는 것이 가장 힘들었다.

그러고 보면, 소설 속에서 '너'는, 남자가 군대에 가지 않는다는 사실을 처음 알았을 때 힘들었겠네, 하는 말을 한숨처럼 흘려서 남자의 마음을 통째로 뒤흔들었다. '너'는, 수능이 끝난 직후 등록금을 모으기 위해 아르바이트를 하다 계단에서 굴러떨어지는 바람에 반월상 연골성 파열로 전 절제술을 받은 인욱을, 두 달간 일했던 돈을 수술비로 고스란히 날리고 군 면제가 되었지만 자주 체중미달이 아니냐는 모욕에 시달려 지칠 대로 지친 고인욱을 이해한 최초의 사람이었을 것이다. '너'의 아버지는 해병대 393기였다. 각종 모임 중에서도 해병대 전우회 활동을 가장 중요시했다고 한다.

힘들었겠네.

'너'가 그렇게 말한 순간 남자는 '너'를, '너'는 인욱을 알아보았다. 알아본다는 느낌은 경험한 이들만이 공감할 수 있다. 그것은 무언가 요란하게 무너져 내리는 소리와 닮았다. 인욱이 쓴 연애 소설의 기원은 그때였을 것이다.

"참, 너 그거 아니? 상철이도 '승강이' 했었다. 군대 가기 전에."

수정 언니의 말에 상철이 반색을 했다.

"아, 너도 그 스터디 해?"

나는 결국 빼도 박도 못하고 상철과 밥을 먹으러 나가게 되었다.

"언제부터 했어? 그 스터디가 아직도 있다는 게 놀랍다. 난 얼마 안 가서 공중 분해될 줄 알았지."

"……그쪽은, 언제부터 같이 했는데요?"

"오빠라고 부르라니까. 나? 나는 생긴 지 얼마 안 돼서 바로 들어갔지. 그때는 인원이 좀 있었거든."

문득 호기심이 슬그머니 고개를 들었다.

"혹시 그때……나이가 좀 많은, 사범대나 법대나, 그런 여자 있었어요?"

"잘 모르겠는데. 아, 혹시 인욱이 여자친구 얘기하는 거야?"

나는 그만 가슴이 철렁 내려앉았다. 상철이 불판에 올려진 고기를 뒤적이며 건성으로 얘기했다.

"나도 한 번도 본 적 없는데, 그때 그 새끼가 연애한다고 좀 정신이 나가 있긴 했지. 수업도 안 들어오고. 여자친구랑 나란히 F 떴다더라? 근데 본 사람이 없어서 상상 속의 여친 아니냐고 우리끼리 막 의심했다니까. 보여주기 쪽팔렸을 수도 있고."

스터디의 멤버는 아니었다, 라. 그럼 두 사람은 어디에서 어떻게 만났을까. 나는 고기를 먹는 척하면서 애꿎은 젓가락만 깨물었다. 상철이 다시 말을 붙였다.

"수정 누나가 그러는데, 그 스터디에 무슨 교환학생까지 꼈다며? 외국인 남자. 걔가 신입 회원들을 구름처럼 몰고 왔겠네?"

"아니 별로……그렇진 않아요."

나는 지호가 날카롭게 쏘아붙이던 때를 생각하며 고개를 저었다. 상철이 고개를 갸웃거렸다.

"의외네. 지난 얘기니까 하는 말인데, 나는 그때 지호 보고 들어갔거든."

"네?"

"원래 스터디라는 게 그렇잖아. 반은 사심이지. 지호가 그때까지만 해도 머리도 길고 예쁘장했거든. 딱 보고 바로 스터디 들어갔는데, 나 참. 사람이 어떻게 그렇게 변하냐."

상철의 말은 귀에 잘 들어오지 않았다. 밥을 먹는 내내 나는 고시촌에서 봤던 풍경을 떠올렸다. 우연처럼 목격했던 그 여자가 정말 아무도 본 적 없다는 '너'가 맞을까. 내가 인욱의 연애에 대해서 아는 모든 것은 그 소설에서 왔다. 두 사람은 서로의 레버를 끝까지 돌려놓았고 그것은, 한 사람이 외부에 존재하는 타인에게 가장 뜨거울 수 있는 온도였다. 모래알만큼이나 무수한 연애의 법칙, 공식적인 연인 사이가 된 남녀에게 기대되는 행동, 그를 중심으로 재구축되는 주변의 관계 따위는 생각보다 힘이 셌지만 두 사람은 필사적으로 거기에 맞섰다. 아차, 하면 인욱과 '너'가 끌어안고 있는 뜨겁고 둥근 마음은 완강한 이 세계의 질서에 그대로 짓밟힐 것만 같았다. 매일 밤 남자는 '너'와 손을 붙잡고 섬으로 도망치는 꿈을 꾸었다. 아무도 본 적 없는 '그녀'가 눈앞에 있는 상철보다 생생했다.

밥을 다 먹고 맥주를 마시네 마네 실랑이를 벌일 때, 인욱이 나타났다. 상철에게 연락을 받았는지 수정 언니가 알려줬는지 알 수 없었다.

"형, 웬일로 나를 다 찾아요."

"새끼가, 신성한 국방의 의무를 수행하는 형님한테 말뽄새 봐라. 어떻게 연락 한 번 안 해. 소설 쓴다는 자식이 편지 한 통 쓰기 어렵냐?"

우리는 자리를 옮겼다. 그만 집에 가고 싶었지만, 아무래도 두 사람만 두고 가기에는 마음이 놓이지 않았다. 맥주와 나쵸를 먹으면서 시시한 이야기들이 오갔다. 어느 순간부터 나는, 상철이 본론을 꺼내기 위해 시간을 끈다는 생각이 들었다. 그건 인욱도 마찬가지였는지 오징어의 다리를 뜯으면서 그의 말을 잘랐다.

"그래서, 형. 하고 싶은 말이 뭔데요?"

"아아."

텔레비전을 보면서 이야기를 하는 둥 마는 둥 하던 상철이 그제야 시선을 돌렸다. 그러더니 짧은 머리를 두어 번 만지고 뜬금없이 지호를 찾았다.

"안 와요. 집에 갔어요."

"아, 그래? 걔 아직도 그러고 살아?"

"그러고 사는 게 어떤 건데요."

인욱이 심드렁하게 말하면서 내게 반으로 찢은 오징어 몸통을 내밀었다. 나는 오징어를 좋아하지 않지만 그냥 받아서 꼭꼭 씹었다. 앞니가 아팠다.

"……내가 너한테 보자고 한 건 다름이 아니고."

상철이 맥주를 한 모금 마셨다.

"그, 사람이 궁하고 또 워낙 몰리다 보면 또 어쩔 수 없이 치사해지는 면이 있잖냐. 내가 웬만해서는 그냥 넘어가려고 했는데, 아무리 생각해도 좀."

"……?"

"변절이라는 말도 각오하고 있고, 되게 황당해할 거라고 생각은 하는데."

변절? 우리는 잘못 도착한 택배 같은 그 말을 받아들고 어리둥절한 얼굴로 상철을 쳐다봤다. 너 나 몰래 독립 운동했니? 내가 속삭이자 인욱이 바람 빠지는 소리를 내며 웃었다. 상철이 인욱의 눈을 똑바로 쳐다보면서 마침내 빙빙 꼬던 말을 바로 폈다.

"그때 출판 기금으로 내가 냈던 돈을……돌려줬으면 해서."

"아아."

인욱이 알겠다는 표정을 지었다. 나는 머리를 굴렸다. 그러고 보니 상철도, 스터디에서 짧게나마 활동을 했다면 출판 기금을 냈을 것이다. 기금을 낸 사람이면 금액에 상관없이 후에 출판될 책에 소설을 실을 수 있었다. 상철은 카페에 글도 남기고 출판 기금도 냈으니, 언젠가 나올 책의 일정 페이지를 차지하고 있었던 것이다. 너무 직구를 던지면 간파당할 것을 두려워하는 투수처럼, 상철은 약간 의도적으로 말을 더듬었다.

"알바비에서 10만 원 뗐던 걸로 기억한다. 어떻게 보면 얼마 안 되는 돈이지만 뭐라고 해야 하나……. 이제 나는 스터디 멤버도 아니고, 책 낼 생각도 없고. 정리를 깨끗이 하고 싶어서. 아, 인터넷 카페는 진작에 탈퇴했다."

인욱이 오징어를 질겅질겅 씹었다. 나는 그 권태로워 보이는 얼굴이 무언가를 견디고 있다는 생각을 했다.

……견디다니.

도대체 무엇을?

"너희한테는 미안하게 됐다. 그래도 뭐, 그게 큰 돈도 아니잖아. 나도 이제 뜬구름 쫓을 때도 지났고."

나는 순간 마시던 맥주를 뱉을 뻔했다. 황급히 상철의 말을 끊었다.

"돈, 돈은 내가 관리하고 있어요. 나한테 계좌 번호 적어주면 입금해줄게요."

"니가? 신입한테 돈을 다 맡기고, 여전히 헐렁하네."

"여기다가 계좌번호 적어줘요. 나중에 보낼게요."

탁자 위에 있던 휴지와 볼펜을 내밀자 상철이 곤란하다는 표정을 지었다.

"그게, 내가 내일모레 휴가가 끝나서. 가능하면 지금 현금으로 줄래?"

나는 겉옷을 챙겨서 일어났다. 가게 앞에 있는 ATM기에서 10만 원을 뽑아서 종이에 싼 다음 상철에게 내밀었다.

"사뿐히 즈려밟고 가요."

상철은 웃지 않았고 돈을 받고도 얼마간 더 머물렀다가,

전화를 받고 일어섰다. 인욱이 건성으로 손을 흔들었다.

술집의 조명이 어두컴컴해서 인욱의 얼굴이 잘 보이지 않았다. 인욱은 소파 등받이에 기대서 머리를 뒤로 젖혔다. 오른쪽이었던가, 왼쪽이었던가. '뜬구름'이라는 말은 단지 단어였는데 진짜 총처럼 인욱의 무릎을 겨냥했고, 그래서 거기에 피가 흐르는 것 같았다. 붉은 피가 철철철.

"저 형 말야."

오랜 침묵을 깨며 인욱이 말했다. 목소리가 약간 갈라졌다.

"처음에 지호 보고 들어왔어."

나는 어색하게 고개를 끄덕이며 땅콩을 까먹었다. 땅콩도 오징어도 짜다. 맥주 안주는 하나같이 짜서 조금만 먹어도 금방 입술이 쪼그라든다. 그런데도 손을 그냥 둘 수가 없어서 애꿎은 안주만 축냈다.

"자비 출판 이야기가 처음 나왔을 때 제일 먼저 돈을 내더라. 10만 원이나 낼 줄은 몰라서 우리 다 놀랐다니까. 지호한테 잘 보이려고 그랬는지, 진짜 출판에 관심 있는지는 모르겠지만 좋았지."

나는 아직 좀 더 앳된 얼굴의 인욱이 10만 원이라는 돈을 받아들고, 좋아하는 기색을 감추느라 벌게진 모습을 상상해보았다. 미간 사이에 11사 주름이 자리 잡기 전, 미른 체구지만 그래도 아직 젖살이 남았고 주변 사람들이 모두 군대에 가고 혼자 남기 전의 그 애를.

"그때 있던 사람들이 낸 돈으로 종잣돈을 만든 거야."

종잣돈. 그 단어는 발음만으로도 토실토실하고 든든했다. 손에 쥐면 공기돌처럼 소담스럽고 묵직할 것 같다. 인욱이 몸을 일으키면서 남은 맥주를 마셨다. 나는 까던 땅콩을 손바닥에 수북이 담아 내밀면서 물었다.

"서운해?"

"별로."

인욱은 오래 전부터 그런 질문에는 질린 것처럼 무덤덤하게 대꾸했다. 그리고 땅콩을 한줌 집었다.

"누굴 탓해. 인간은 누구든지 그때 제일 빛나는 거에 몸을 던지잖아. 벌써 2년이 다 되어가니까, 형이 변하는 것도 당연하지."

맞는 말이다. 선뜻 아르바이트비의 절반을 내놓을 만큼 상철을 매혹했던 빛, 이를테면 소설이나 출판, 혹은 지호가 다른 것으로 바뀌는 일은 얼마든지 일어날 수 있었다. 상철 역시 적당히 쑥스러워했지만 수치스러워하거나 면목없어하지는 않았다. 아마 지금의 상철에게는 그때처럼 절실한 무언가가 있을 것이다.

"그러고 보니 웃기네. 지호 때문에 들어왔다고 해놓고, 사랑 이야기는 하나도 안 썼어."

인욱이 낄낄 웃으며 손등으로 눈을 가렸다. 머리로 이해한다고 해서 상처 받지 않는 건 아니다. 나는 인욱의 머리에 물수건을 올렸다. 내가 확인할 수 없는 시절, 인욱은 지호와 상철과 또 …… 이름을 알 수 없는 누구누구와 진지하고 왁자한 스터디를 함께 했을 것이다. 지금 내가 그런 식으로 스터디를 떠나는 것을 상상할 수 없듯 그때의 그들도 이런 날이 올 줄 모르고 행복했을까.

"……변절이라. 이 시대에 누가 감히 그런 말을 쓸 수 있겠냐. 끝까지 존나 촌스럽긴, 소설 쓸 재목은 아니라니까."

느리고 긴 한숨이 인욱의 입술 새로 빠져나왔다. 11자 주름이 미간 사이에서 또렷하게 나타났다. 그 접힌 부분을 반듯하게 손가락으로 펴주고 싶었다.

문득 알 것 같았다. 인욱이 완벽하게 내 스타일이 아니어도, 문학하는 놈이라도, 국멸치 같아도. '너'가 어째서 인욱의 무릎을 만졌는지, 두 사람이 어떻게 서로에게 벼락같이 걸어 들어갔는지. 인욱이 내게 물수건을 집어던지면서 짜증을 냈다.

"야, 여기서 백주 냄새 나."

집에 돌아오면서 나는, 내가 인욱을 인식의 범위 안에 들였다는 사실을 깨달았다. 뻔히 알면서도 딴청을 부리던, 치사하기 짝이 없는 고인욱뿐만 아니라 좀 더 다른 것들이.

여전히 그 애는 내 스타일이 아니었지만 그런 취향과는 별개로, 이제 내 안에서 인욱과, 그에 얽힌 여러 가지가 재배열되어 새롭게 태어날 것이 환히 보였다. 비슷한 조건의, 비슷한 상황의 무수한 사람들과는 전혀 다른 색깔과 무게의 인간이 되는 과정이다. 아무리 봐도 서로 싫어할 만한 성격인 인욱과 지호가 아웅다웅하며 스터디를 함께 했던 이유를 어렴풋이 알 것 같았다.

그제야, 인욱의 연애소설이 내게 바투 다가왔다. 나는 강에게 인욱의 소설을 뽑아서 갖다주기로 마음먹었다. 강은 분명히 그 이야기를 좋아하게 될 것이다.

# 7
# 벤츠와 똥차

아침에 일어나서 창문을 열었을 때 공기가 미묘하게 다르다는 것을 눈치 챘다. 온통 아스팔트뿐인 도시인데도 신기하게 비가 오기 전이면 공기 중에서 흙과 나무 냄새가 난다. 나는 한껏 숨을 들이마셨다. 서울의, 탁하고 지저분한 공기가 아낌없이 폐로 쏟아져 들어왔다.

수업을 들을 때쯤 창문을 두들기며 봄비가 내리기 시작했다. Le ressort vers le bas. 나는 여전히 문법이 엉망인 문장을 입 안으로 굴려보았다. 목구멍에 걸리고 혀끝에 걸리고 잇새에 걸리던 그 발음은 계절이 돌고 도는 동안 부드럽게 바뀌었다. 낯선 그것이 내 몸 어딘가로 스며드는 소리가 톡톡, 빗소리 같았다.

집에 가려고 보니 동아리방에 뒀던 우산이 감쪽같이 사라져 있었다. "니 게 내 거, 내 게 내 거. 우리 동아리의 원칙이랄까?" 창문에 있는 담배를 멋대로 피우면서, 혹은 누군가 갖다 놓은 책에 밑줄을 죽죽 그으면서 공 선배나 수정 언니는 그렇게 말했다. 일회용 우산을 살까 하다가 손에 들고 있던 이면지 묶음으로 머리를 가리고 집까지 곧장 달렸다. 중간 중간 처마 밑에 멈추어 옷을 털면서 바삐 지나가는 사람들을 구경했다. 아무렇게나 메모장으로 쓰는 종이의 윗면이 촉촉하게 젖었다. 까만 잉크가 빗방울을 타고 번지면서 내가 썼던 글씨들이 꼬물거렸다. 마치 살아 있는 것처럼.

집 앞에 도착했을 때 나는 하아, 하고 웃었다. 웬 여자가 까만 비닐봉지를 들고 화단 앞에 쪼그리고 있었다. 언뜻 보면 영락없는 동네 거지 혹은 미친 여자였지만 나는 구멍 난 치마로 그녀를 알아보았다. 태국으로 가족 여행을 갔을 때 샀던 내 월남치마, 고모가 도망칠 때 가방에 넣어주었던 큼직한 꽃무늬가 물안개 때문에 부연 시야 속에서 알록달록했다.

"지렁이가 있다, 정인아."

고모가 발소리를 듣고 돌아보더니 활짝 웃었다.

＊＊＊

“언제부터 기다렸노? 전화라도 한 통 하지.”

“점심때부터? 니 생각보다 일찍 왔네.”

고모에게 보낸 이메일에 집 주소를 적어놓길 잘했다. 고모는 우와, 정인이 집 좋네, 하면서 방으로 쿵쿵 들어섰다. 나는 고모가 찍어놓은 젖은 발자국을 따라가면서 닦았다. 그 비를 쫄딱 맞고 있었으면서 추운 기색 하나 없었다. 고모가 따뜻한 물에 샤워를 하는 동안 나는 옷을 챙겨놓고 화분을 창가에 내놓았다.

까만 비닐봉지는 캠코더를 싼 것이었다. 고모의 시선을 빼앗은 지렁이는 점심 무렵 옆 건물의 화단에서 나타났다. 세상의 모든 것에 비해서 턱없이 느린 속도로, 그러나 유심히 들여다보면 은근히 빠른 속도로 지렁이는 꿈틀거리며 아스팔트 위를 기었다. 마침 우리 집 앞 화단으로 기어온 지렁이에게, 손이 있다면 잡고 흔들어주고 싶을 만큼 고마운 마음이 들었다. 고모라면 나를 찾아온 애초의 목적을 잊고 지렁이를 따라 갔을 게 뻔하다.

"촬영은 잘했나?"

"맨날 쫓겨났다. 눈곱만큼 찍는데도 무지하게 오래 걸렸다아이가."

고모는 사진과 토막토막 짧은 영상을 보여주었다. 고모가 제주도로 떠난 뒤 나는 자주 그와 관련된 기사를 찾아 읽었다. 환경 파괴, 삶의 터전 상실, 안보의 논리로 차단된 소통과 폭력 같은 헤드라인이 뿔뿔이 흩어져 허공을 떠돌다가 고모가 보여주는 작은 화면 속으로 모여들었다. 세찬 바람과 아름다운 마을과 그 속에서 물고기를 잡으며 살아온 사람들의 얼굴이 스쳐 지나갔다. 공사장 일대에 접근하는 것만으로도 200만 원의 벌금이 부과되는 사람들의 인터뷰도 있었다. 껴안을 수 없는 바위가 멀리서 보였다가 사라졌다. 공사장 접근이 차단되어 그 일대를 찍을 수 없었기 때문에 고모의 카메라는 자주 초점을 잃는다. 그래서 고모는 누구도 듣지 않아 흩어져버리는 사람들의 이야기들을 담았다. 바다를 건너 이곳까지 닿지 못하는 말들이 조그만 화면 안에서 물안개처럼 피어올랐다.

"빽도 없고 신분 증명도 안 되니까 엄청 깐깐하게 굴대. 한국이 그런 거야 하루 이틀이냐만은, 확 성질나서 그냥. 나중에는 나도 그냥 인도에 있는 영화학교 출신이라고 뻥

칠라다가 참았다. 잘했재?"

"……뺑친다꼬? 고모 니 영화학교 다닌 거 아니있나?"

나는 입을 딱 벌렸다. 고모가 응, 하고 건성으로 말하면서 캠코더의 테이프를 갈아 끼웠다. 영화학교조차 다니지 않았다면, 고모가 가진 경력은 교대 졸업이 전부다. 그게 벌써 10년 전이니, 그 이후로는 몽땅 백지인 것이다. 그제야 아빠가 부랴부랴 고모를 결혼시키려고 하던 이유를 어렴풋이 알 것 같았다. 세상에 내놓을 공식적인 기록이 없으면 그 사람은 남들이 보기에 없는 거나 마찬가지다. 그게 실제 그 사람과는 전혀 관계없는, 이를테면 엑셀 자격증이나 SAT시험 결과라도 말이다. 아빠는 고모를 이 세상에 붙들어놓을 끈을 찾았던 것 같다. 악의는 없었다고 생각하니 좀 더 막막해졌다.

고모는 똑똑한 사람이었다. 많이 아는 것과 별개로, 무언가를 끊임없이 생각하고 낯선 것을 기꺼이 받아들인다는 점에서 그랬다. 하지만 아무리 생각해도 10년 간의 허송세월이 고모에게 무엇을 남겼는지 알 수 없었다. 나는 기가 막힌 기색을 감추지 않으며 물었다.

"그럼, 그동안 도대체 뭐 했노? 인도에서?"

"놀았지!"

고모가 일 초의 망설임도 없이 대답했다. 그러면서 나에게 인도에서 찍어온 것들을 보여주었다. 화면이 작아서 두 시간 정도 봤을 때는 눈이 시렸다. 나머지는 동영상 파일로 만들어서 외장 하드에 들고 있었는데, 내 컴퓨터에 옮기는 데만도 시간이 한참 걸렸다. 그러는 동안 고모는 인도에서 한 것 중에 요가도 있다며 괴상한 동작을 취했다. 진심으로 자랑하는 표정만 짓지 않았으면 장난인 줄 알았을 거다.

＊＊＊

"고모가 왔어?"

"응. 지금 우리집에 있어. 지금쯤 과자 먹으면서 만화책 보고 있을걸. 무슨 기둥서방 같다니까."

나는 투덜거리면서 소파에 길게 누웠다. 보라색 소파는 그 직전까지 누가 누웠다 갔는지 누운 자리가 푹 꺼져 있었다. 그 모양에 몸을 맞추느라 좀 뒤척거렸다.

"너네 고모, 우리 잡지에서 취재해도 돼?"

지호가 눈을 빛냈다. 얼마 전 '기다란 손톱으로 산다는 것'을 쓰려고 애지중지 기른 손톱이, 소설을 쓰느라 자판을 두들기다 부러져서 기사가 궁하던 차였다. 나는 손을 내저었다.

“취재할 거 하나도 없어. 알고 보니까 인도에 있는 영화학교도 안 다녔대.”

“그게 어때서. 꼭 학교 다녀야 영화 배워? 인욱이 봐라. 국문과 다녀도 아무도 소설 쓰는 거 안 가르쳐주잖아.”

“니가 왜 날 안 걸고 넘어가나 했다.”

인욱이 눈을 부라렸다. 인욱과 지호는 국문과 수업의 소설 창작 수업에서 만났다. 말이 창작 수업이지, 전공 수업이라서 도살장 끌려가는 소처럼 들어온 애들이 태반이었고 그 지경이니 억지로 써낸 소설도 소가 음뭐어하는 소리보다 별로였단다. 그 와중에 인욱과 지호는 서로 알아보았고, 믿을 수 없지만 처음이자 마지막으로 ‘의기투합’을 했다. 그게 스터디의 시작이었다. 나는 어느 정도 품고 있던 국문과와 소설 쓰기의 상관관계에 대한 환상을 조용히 철회했다. 그 사이 인욱이 나를 소파에서 몰아내고 드러누웠다.

“그래도……뭔가 인터뷰 하고 취재하려면 경력이 있는 사람이어야 되지 않을까?”

읽는 사람들한테 설득력이 있어야 한다며, 내가 말끝을 흐리자 인욱이 발로 지호를 가리키면서 그랬다.

“그런 잡지였으면 쟤가 칼럼 연재하고 앉아 있겠냐? 그냥 해줘."

"맞아. 나도 하는데, 너네 고모 정도면 여신이지. 만나게 해주라, 응?"

그 다음부터는 모든 게 속전속결이었다. 고모는 내 이야기를 듣자마자 재미있겠다며 당장 수락했고, 내가 어릴 때부터 고모와 함께 요리를 하면서 자랐다는 것을 콩트를 통해서 안 지호가 '요리 인터뷰'를 제안했다.

"인욱아. 너도 가자. 강은 알바 때문에 못 온대. 파티는 사람이 많아야 재밌잖아."

"인터뷰라며. 언제부터 파티가 된 거야?"

"따지기는. 와, 음식은 여럿이 먹어야 맛있는 거야. 그리고 남의 집 올 때 빈손으로 오면 안 되는 거 알지? 나 휴지 떨어졌다."

***

약속했던 토요일이 되기 전 고모는 이태원으로 장을 보러 갔다. 무슨 향신료를 사러 간다고 했다. 지호는 인욱과 돈을 모아서 휴지를 사왔다. 엠보싱 24롤짜리라서 나는 둘을 차례로 안아주었다. 갑자기 걔들 뒤로 날개 같은 게 보일락 말락 했다.

“안녕하세요, 고모! 말씀 많이 들었어요.”

지호가 넉살 좋게 인사를 청했다. 나는 아직 고모에게 스터디에 대해서 이야기하지 않은 채였다. 그냥 친구라고만 했다. 괜한 말이 나올까 봐 나는 계속 오늘 만남의 목적을 어필했다. 고모가 우리에 대해서 묻는 게 아니라, 지호가 고모를 취재하는 거라고. 고모는 조금 어리둥절한 표정을 지었지만 금방 지호의 머리 색깔과 인욱의 미간 주름에 정신이 팔렸다.

“너, 남자야 여자야?”

고모는 다소 무례할 수 있는 그 말을 거리낌없이 했고 지호가 퀴즈를 냈다.

“맞춰보세요.”

“동전 던질까?”

“그림이면 여자고, 숫자면 남자예요.”

동전 던지기의 결과로, 고모는 지호를 남자라고 믿게 되었다. 아무래도 상관 없어보였다. 부엌이 정말 좁았기 때문에 우리는 신문지를 깔아놓고 원룸의 한복판에 간이 부엌을 만들었다. 나무 도마와 쟁반, 식칼, 볼을 나란히 놓고 옹기종기 앉았다. 고모는 인도식 샐러드와 현미밥, 달래 된장국을 만들고 나는 그 옆에서 봄동을 무치기로 했다. 요리 인터뷰라고 할 것도 없는 단순한 구성이었지만 후식으로는 야심차게 준비한 짜이 밀크티까지 있었다.

"음식을 정한 데는 어떤 기준이 있나요?"

"내가 좋아하는 거. 그리고 단순한데도 맛있는 거."

고모가 배시시 웃었다. 인도식 샐러드는 '라이타'라고 했다. 당근과 오이를 갈아야 했기 때문에 인욱이 강판을 갖고 씨름을 했다. 고모는 양파를 다지면서 눈물을 줄줄 흘렸고, 그래서 본의 아니게 고모의 인도 유학기는 무척 드라마틱하게 들렸다. 다진 야채에 요구르트를 넣고, 이태원에서 사왔다는 검은 소금을 넣었다. 향신료 특유의 향과 짭짤한 맛이 났다. 전기밥솥에서 밥이 다 됐다는 소리가 들렸다. 고모는 마늘을 편으로 썰고, 달래를 깨끗하게 씻었다. 인욱과 지호가 앉은뱅이 상을 펼치고 행주로 대충 닦고 수저를 놓았다. 멸치와 다시마를 우린 물에 된장을 넣고, 바르르 끓어오르면 달래와 두부, 마늘을 넣는다. 그뿐이었는데 금방 달래 된장국이 완성되었다. 달짝지근하고 구수한 수증기가 방 안을 꽉 채웠다. 나는 아마 내일 된장국 냄새가 밴 옷을 입고 학교에 가게 될 것이다. 원룸의 비극이지만 어느 정도 익숙한 일이기도 했다.

금방 한 상이 차려졌다. 고모의 요리는 언제나 쉽고 간결했다. 어린 나도 금방 따라할 수 있을 정도였다. 누구나 할 수 있는 간소하고 따뜻한 음식들, 행복하다는 건 그렇게 손끝에 피를 돌게 하는 맛과 닮았다.

"달래랑 된장이랑 마늘이 모여서 이런 맛을 낸다는 게 너무 안 신기하냐. 가수로 치면, 얘네는 솔로로 나가면 쪽박 차도 그룹으로 나가면 대박이다."

고모가 자화자찬을 했다. 지호가 고모와 음식을 한 앵글 안에 담으려고 무진 애를 써서 사진을 찍었다. 우리는 음식이 식을까 봐 계속 지호를 재촉했고, 웃고 떠들면서 밥을 두 그릇씩 먹었다. 된장국은 부드럽고 고소했다. 몸 안에 든 어떤 날카로움도 항복할 기세였다.

"요리를 할 때 고모만의 노하우가 있나요?"

"그런 거 없는데."

"명색이 요리 인터뷰니까 하나 지어내서라도 말해 봐요."

지호가 끈질기게 물었다.

"좋은 생각을 하면서 만든다. 맛있겠다, 안 남기고 다 먹을게요, 그런 생각. 이런 거 키운 사람은 또 얼마나 좋은 사람일까."

고모가 뚝배기의 맨 밑을 숟가락으로 닥닥 긁으며 그렇

게 말했다. 된장을 만든 사람도 좋은 사람이고(할머니가 담갔다), 이걸 끓인 나도 좋은 사람이고. 고모가 그렇게 말하다 말고 "내가 좋은 사람 맞나?" 고개를 갸웃거렸다.

고모가 샐러드를 좀 더 만들어서 다 함께 맥주도 마셨다. 고모는 좀 취해서 또 요가를 하겠다고 나섰고 지호에게 사진을 몇 장 찍혔다. 정 기삿거리가 없으면 '인도 현지에서 직접 배워온 생활요가'라는 제목으로 싣겠다고 했다. 고모가 찍어온 영상도 보고 함께 오지 못한 강에 대해서도 이야기했다. 그러는 동안 시간이 금방 갔다.

"저희 갈게요. 오늘 감사했어요."

"그래, 멀리 안 나간다. 정인아, 니가 데불다 주고 온나."

고모가 설거지를 하는 동안 나는 지호와 인욱을 배웅하러 계단까지 내려갔다. 너네 고모 너랑 똑같더라, 그거 욕이냐 칭찬이냐, 그런 말을 하다 말고 갑자기 지호가 손바닥을 딱 마주쳤다.

"다음 칼럼 아이디어 생각났다!"

"뭔데?"

"눈썹이 없는 인간으로 산다는 것!"

"……반대."

"나도 반대."

인욱과 내가 합창했다.

***

세수를 하고 로션을 바르는데 이불 위에서 뒹굴거리던 고모가 말했다.

"정인아, 내 내일 네팔 간다."

시장 간다, 처럼 담담한 어조였다. 나는 얼굴을 짝짝 두들기면서 대충 고개를 끄덕였다. 당황하고 놀라봐야 내 손해고 포기하니까 맘이 편했다. 아까 설거지를 마치고 부산스럽게 가방을 만지더니 떠날 준비를 한 모양이다.

"생뚱맞게 무슨 네팔이고? 거긴 왜?"

"묻지 마라. 갔다 와서 보여주께."

"돈은 어디서 났노?"

"있다, '성희 앤 캐쉬'라고."

고모가 대답하면서 낄낄거렸다. 나도 눈치를 챈 지는 오래됐다. 고모가 인도행 비행기표를 끊고, 오랫동안 돌아오지 않고 거기에서 마음껏 뒹굴 수 있었던 이유, 진짜 무이자 대출은 따로 있었다.

"네팔 간다니까 뭐라카대?"

"미쳤다지, 뭐."

성희는 엄마의 이름이었다. 아빠는, 고모의 가장 큰 스폰서가 엄마라는 사실은 꿈에도 모를 것이다. 4년 전 내가 고모의 방을 땄을 때, 아빠가 들고 다니던 열쇠를 몰래 빼내서 복사해준 사람이 엄마라는 사실도 말이다. 우리는 킬킬거리다가 이불을 펴고 나란히 누웠다.

"오늘 재밌었나?"

"당연하지."

고모가 콧노래를 흥얼거렸다. 고모는 내일 네팔에 간다. 그러면 또 우리는, 언제 만날지 모르는 것이다. 4년이 아니라 그 이상이 걸릴 수도 있다. 그 생각이 나를 부추겼다. 나는 캄캄하고 반듯한 천장을 한참 바라보다가, 입술을 뗐다.

"있다 아이가, 고모."

"응?"

"내……소설 쓴다."

고모가 옆으로 데구르르 굴러서 엎드리더니, 고개를 돌려 나를 쳐다보았다. 어둠 속에서도 반짝반짝한 눈이 그대로 보였다.

"뭐라고?"

"소설 쓴다고. 아니, 정확히 말하면 아직 보여줄 만한 걸 완성한 건 아니고, 짧은 거는 좀 썼는데…….”

횡설수설하는 내 말을 끊으며 고모가 불꽃놀이처럼 웃음을 터뜨렸다.

“하이고, 이거 영화보다 더 골 때리네! 니도 이제 똥차다!”

그러면서 아빠나 할아버지가 자주 하는, 혀를 눕혀서 으응쯧쯧쯧, 하는 시늉을 했다. 나는 이불 속에서 고모를 주먹으로 때리며 소리 질렀다.

“뭐라카노, 30대랑 20대가 같나! 내는 아직 창창하다!”

“야, 나이 상관없이 소설 쓰는 애들은 똥차다! 니 김유정이나 김동인이 소설 쓸 때 말고는 얼마나 못났는지 알재? 그건 역사가 증명해준다.”

“아이거든. 요즘에는 김영하나 정미경처럼 우아한 사람도 있거든!”

한참 그렇게 의미 없는 싸움을 하다가, 고모는 코를 골기 시작했다. 지금까지 어떤 이야기를 썼는지, 무엇을 쓸 것인지, 작가가 되고 싶은 건지, 보여줄 수 있는지, 그런 것들을 묻지 않아 나는 안심했다. 치사하게도 과정의 절박함은 종종 결과의 완성도와 필연적인 관계로 여겨진다. 그렇게 원한다면 마음껏 미치라는 권유가 판을 친다. 하지만 그 말의 알맹이는, 그만큼의 성과를 내보여야만 용인된다는 뜻이기도 했다. 세상을 향해 텅 빈 손을 펼쳐 보이기는 쉽지 않다. 그 막막함을 고모는 알고 있을 것이다. 어떤 불확실함에도 도저히 꺾이지 않아서, 소리 내어 말하고 싶은 마음 역시, 누구보다도 잘.

다음날 나는 늦잠을 잤다. 일어나니 고모는 떠나고 없었다. 냉장고에 있는 락앤락에는 고모가 만든 인도식 샐러드가 가득 들어 있었다. '끼니 거르지 말고 챙겨먹어!' 포스트잇을 떼고 나는 뚜껑을 열었다. 새큼한 냄새가 물큰 올라왔다. 이것이 새로운 그리움의 냄새가 될 거라는 예감이 희미하게 들었다. 나는 숟가락으로 샐러드를 떠먹었다.

고모가 왜 네팔에 가는지 모른다. 하지만 그걸 굳이 이해하고 납득할 필요는 없었다. 그게 고모가 사는 방식이었고 누구도 바꾸지 못한 궤도였다. 이해하려고 발버둥치는 순간 이해하지 못하는 데서 오는 분노가 생기고, 그 분노는 결국 상대방을 향한 창으로 변한다. 사랑하면 사랑할수록 끝이 더욱 날카로워질 수밖에 없다. 할아버지와 아빠가 고모를 자주 코너에 몰아넣은 것도 그 때문이다. 두 사람은 고모가 아무 데도 쓸 수 없는 사람이 될까 봐 무서워했다. 철이 안 들까 봐, 취직을 못 할까 봐, 결혼을 못 할까 봐,

사람 구실을 못 할까 봐.

그 사람 구실이라는 게 어떤 건지 모르지만 적어도 자기가 먹을 것을 직접 만들고 그것을 좋아하고, 나눌 줄 아는 사람이라면 괜찮다는 생각이 들었다. 누구에게도 기대지 않고 스스로 먹이고 돌보는 동안, 다시 걷고 웃고 춤출 기력이 생길 테니까. 인도나 네팔처럼 소똥이 나뒹굴고 강정마을처럼 접근 불가인 곳에서는 벤츠보다 똥차가 훨씬 유리할 것이다.

책상에는 고모와 내가 여객선 터미널에서 찍었던 사진이 붙어 있었다. 사진 속의 나는 실물보다 열 배는 못생기게 나왔고 고모는 얼굴이 한쪽으로 쏠려서 반밖에 안 나왔다. 이거 진짜, 영화하는 걸 말려야 하나 심각하게 고민이 될 만큼 엉망인 사진이었다. 나는 사진 속 고모의 이마에 작게 딱밤을 먹였다.

컴퓨터를 켜서 고모가 내 컴퓨터에 옮겨놓은 영상 중 하나를 틀었다. 매일 아침 인도의 화장터에 울려 퍼지던 음악소리가 스피커에서 흘러 나왔다. 영화학교에 지원서를 내러 가던 고모의 발목을 붙들어 꼬박 반나절을 같은 자리에 쪼그리고 있게 한 음악이었다. 부챗살처럼 퍼지는 햇살과 조가비 같은 집들, 회갈색의 벽, 화장터의 앙상한 뼈가 화면에

악상처럼 등장했다. 작은 파일로 변환된 그 기록은 고모가 또 다른 세계를 담아올 때까지 외롭지 않을 만큼 많았다. 고모를 부탁해. 나는 그 영상을 향해 속삭였다.

누군가를 사랑하고, 호명하고, 화분에 물을 주듯 들여다보고 벌레를 잡아준다면 진짜 쓸모없는 건 없다. 남들에게는 공백으로 남은 고모의 시간들이 그랬다. 나는 샐러드를 좀 더 크게 한 숟가락 떠먹었다. 그러니까 고모가 내게 가르쳐준 것은, 야채를 찌고 굽고 데치는 방법만이 아니라는 뜻이다.

# 8
# 계절, 어수선하고

먼 거리를 달려왔는데도 기세가 꺾일 줄 모르는 황사가 서울을 누렇게 뒤덮었다. 4월 초에도 눈이 내렸고 꽃봉오리가 얼었다. 벚꽃이 만발하면 같이 어린이대공원으로 꽃놀이를 가기로 약속해놓고, 강은 미국으로 돌아갔다. 교환학생 기간을 미처 채우지 못한 강제추방이었다.

생각해보면 흔히 일어날 수 있는 일이었다. 스터디가 끝나고 다 같이 막걸리를 마시러 갔는데, 건너편 테이블에서 술에 취한 패거리가 미군의 자식이니 기지촌이니, 큰 목소리로 떠들기 시작했다. 아까부터 힐끗거리는 것이 심상치 않았는데 빈약한 상상력과 술이 불러온 최악의 결과였다.

우리 세 사람의 얼굴이 딱딱하게 굳었는데, 강은 신경 쓰지 않는 듯 막걸리에다가 사이다를 탔다. 약이 오른 사내들이 테이블 바로 앞까지 걸어와, 강의 어깨를 툭툭 쳤다.

"야. 어머니 안녕하시냐? 이제 일거리도 없을 텐데 뭐 하시냐?"

"……."

"어쭈. 한국말 못해? 하, 엄마가 안 가르쳐주든?"

"저기요, 그만하세요."

보다 못한 내가 말리고 나서자 노란색 셔츠가 나와 지호를 번갈아 보더니 한쪽 입꼬리를 끌어올렸다. 벌겋게 술기운이 오른 얼굴이 웃긴 모양으로 일그러졌다.

"애인이야? 너 보는 눈 없다."

인욱이 남자의 손을 강의 어깨에서 밀치면서 말했다.

"술 드셨으면 곱게 취하지, 왜 난데없이 시비입니까?"

"넌 또 뭐야, 떨거지야."

모자를 쓴 남자가 저지하고 나선 인욱의 의자를 발로 찼다. 쿠당탕! 의자가 넘어가면서 인욱이 휘청거렸고, 지호가 벌떡 일어났다.

"그만하고, 가라구요!"

"아 씨발, 야! 너 년이야 놈이야?"

"년이든 놈이든 알아서 뭐하게?"

모자를 쓴 남자가 지호를 밀치자 강이 노란색 셔츠의 멱살을 잡았다. 순식간에 우당탕 소리가 나면서 접시와 술잔이 쏟아졌다.

"강, 안 돼!"

외국인이 내국인과 싸우면 절대적으로 불리하다. 지호가 소리를 질렀지만 강은 듣고 있지 않았다. 쨍그랑, 아구, 소리를 내며 노란색 셔츠가 그대로 나가떨어졌다. 사태의 심각성을 깨달은 사내의 일행들이 뒤에서 우르르 일어나는 소리가 들렸다. 나는 거의 반쯤 패닉에 빠져 소리만 질렀는데 어느 순간 일행 중의 여자들까지 합세해서 누가 내 머리를 쥐어뜯었다. 테이블이 뒤집어지고 의자가 넘어갔다. 강에게 얻어맞는 사내의 입에서 피가 터져 나왔다.

"손님들, 여기서 이러시면! 아이고!"

"나와! 밖으로!"

강이 소리를 지르면서 피투성이가 된 사내를 잡아끌었다. 서너 명이 달라붙어도 도저히 말릴 수가 없었다. 그러고 보니 강도, 상당히 취한 상태였다. 팔뚝에 새겨진 문신이 핏줄과 함께 꿈틀거렸다. 나는 계란탕을 뒤집어쓴 채로 넋이 나갔다. 그 모습은 낯설고 무서웠다. 다른 사람 같았다.

그러나 신고를 받은 경찰이 출동했을 때, 강이 갑자기 도망친 것은 의외의 전개였다. 강은 테이블을 뛰어넘어 경찰들 사이를 뚫고 술집을 빠져나갔다. "강!" 우리가 동시에 소리를 질렀지만 의자가 넘어지는 소리에 묻혔다. 우당탕! 긴박한 몸짓이었다. 경찰은 반사적으로 강을 뒤쫓아 뛰쳐나갔고 나는 인욱과, 사내의 일행 중 여자와 머리를 쥐어뜯던 지호와, 그 일행들과 함께 경찰서로 이송되었다. 제일 먼저 시비를 걸었던 사내는 이빨이 부러져 병원으로 옮겨졌다.

자정이 가까운 시간의 경찰서는 소란스러웠다. 형광등 때문인지 온통 밝은데도 그 틈에 있는 사람들은 모두 창백해 보였다. 세상에 무슨 사연이 그렇게 많은지, 형사들은 눈 밑이 시커멓게 된 채 사람들과 실랑이를 하고 있었다. 숱하게 보아온 드라마나 〈경찰청 사람들〉의 한 장면과 다르지 않았다. 형사가 백지를 한 장씩 나눠준 후 진술서를 쓰라고 했는데 사내의 일행은 자꾸 입으로 말했다. 먼저 시비를 건 것도, '선빵'을 날린 것도 저쪽이라며 말하는 족족 끼어들었다. 그때마다 형사가 알았으니까 종이에다 좀 쓰라며 짜증을 냈다.

"저쪽에서 설렁탕 먹는다."

"진짜네, 영화랑 똑같아."

나와 지호는 진술서를 쓰는 틈틈이 경찰서의 풍경을 눈 안에 담았다. 인욱은 한쪽에서 코를 휴지로 막고 코피가 멎기를 기다리는 중이었다. 인욱은 얼굴이 피투성이였기 때문에 응급실로 실려 갈 뻔했는데, 닦아내니 그게 다 코피였다. 전화를 받던 형사 한 명이 다가와서 지호와 나를 번갈아 쳐다보았다.

"아까 그 외국인이랑 일행이지. 어떻게 아는 사이야?"

"외국인이 아니고요, 한국 혼혈이에요. 한국말 잘하는데 저 사람들이 다 알아들을 수 있는 말로 시비를 걸었다니까요."

지호가 또박또박 말하자 형사의 얼굴이 일그러졌다.

"알았으니까 묻는 말에나 대답해. 어떻게 아는 사이냐고?"

형사가 버럭 소리 질렀다. 나는 지호의 눈치를 봤다. 지호도 내 눈치를 봤다. 그때 인욱이 코맹맹이 소리로 대답했다.

"우리 학교 교환학생인데요."

"교환학생?" 형사의 눈썹이 꿈틀거렸다.

"어떻게 만났는데?"

"……스터디를, 같이 해요."

"스터디?"

"……소설 쓰는……스터디예요. 좀 낯설겠지만."

지호가 말했다. 강과 우리를 잇는 고리가 '소설'이라는 것은 워낙 뜬금없어 보였기 때문에, 웬만해서는 말하지 않았다. 하지만 지금은 상황이 좀 달랐다. 나중에 꼬투리를 잡히느니, 당장 이상해 보일지라도 그냥 다 말하는 게 나을 것 같았다.

"소오설?"

역시나 형사는 수상하다는 얼굴로 말끝을 늘렸다. 인욱이 코에서 휴지를 뺐다. 코피는 어느 정도 멎은 것 같았다. 나와 지호는 동시에 고개를 끄덕였다.

"안 지는 얼마나 됐어?"

"누구요?"

"그 외국인이랑."

"작년 겨울? 근데 그건 왜 물어보시는데요?"

지호가 다시 한 번 물었지만 형사는 대답할 생각이 없는 것 같았다. 타닥타닥, 뭘 받아쓰기만 했다.

"뭐, 금품이나……성관계를 요구하는 일은 없었나?"

"뭐라구요?!"

지호와 나와 인욱이 동시에 발끈했다.

"형사님, 지금 양쪽이 똑같이 과실이 있는데 우리한테만 이러는 건 외국인이기 때문인가요? 이거 엄연히 차별 아닙니까?"

지호가 옆에 앉아 있는 사내의 일행들을 가리키면서 목소리를 높였다. 지호와 머리를 뜯고 싸우던 여자가 뭐 이 년아, 하면서 비명을 꽥 질렀다. "내가 년인지 놈인지 네가 어떻게 알아!" "자, 조용조용!" 형사가 책상을 탕 쳤다.

"교환학생이고, 스터디를 같이 한다고?"

"네. 1년 코스로 와서 이번 학기까지 다녀요."

그 말을 들은 형사가 갑자기 꺼질 듯한 한숨을 내쉬더니 의자에 등을 기대어 앉았다. 인욱이 슬금슬금 곁으로 다가와 앉았다. 맞을 때 안경이 날아가는 바람에 앞이 잘 보이지 않는 인욱은 미간에 잔뜩 힘을 줘서 지금까지 본 것 중에서 11자가 제일 또렷했다. 형사가 못난이 삼형제처럼 나란히 앉은 우리 세 명을 보고 고개를 저었다.

"하, 이거야 원. 완전히 속았구만."

"예?"

"뭐라구요?"

"뭐가요?"

일 초 간격으로, 우리는 얼이 빠진 목소리로 반문했다. 형사가 손가락으로 책상을 따닥따닥 두드리다가 짜증을 냈다.

"그 새끼 불법체류자야. 교환학생은 더더욱 아니고."

"예?"

"뭐라구요?"

"뭐요?"

시간차 공격이 반복되었다. 그 순간 사내와 일행들이 면죄부라도 얻은 양 입을 열어 뭐라뭐라 떠들기 시작했다. 하나도 들리지 않았다. 형사는 멍하니 입을 벌리고 앉아 있는 나와 지호를 번갈아 보면서 재차 물었다.

"진짜 아가씨한테 아무 짓도 안 했어?"

***

형사의 말에 따르면 3년 전, 강은 관광객의 신분으로 입국했다. 그리고 지금까지 비자가 없는 상태였다. 이름도 테런스가 아니라 토미였고, 샌프란시스코는 한국에 오기 직전에 잠깐 머문 것이 전부였다. 대학교에는 다닌 적 없었고 한국에 오기 전에는 카센터와 바, 페인트 회사 등을 전전했다. 미묘했던 강의 영어 악센트, 샌프란시스코에서의 생활에 대해 물을라치면 단호하게 일ㅡ 자를 그리던 입술. 모든 것이 퍼즐처럼 천천히 맞춰지고 있었다.

나는 강의 이름을 구글에 검색해보았다. 토미, 라고 치면 엄청나게 많은 검색 결과가 나타났다. 그건 우리나라의 수진이나 민호처럼 흔한 이름이었다. 신상 정보를 캘 생각은 없었고 다만 강의 또 다른 이름, 토미가 궁금했다. 그러나 그런 방식으로는 강에게도 토미에게도 테런스에게도 한 발자국도 다가갈 수 없었다. 일일이 열어보지 않아도 그 모든 문자가 헝겊 조각만큼 쓸모없으니까. 세상에 그토록 무수한 토미가 존재한다는 느낌이 새삼스러웠고, 그 중 단 하나의 토미 강만을 알아볼 수 있다는 사실이 기이했다.

모든 것이 뒤죽박죽이었다. 강의 나이는 스물여덟 살, 우리에게 말했던 것보다 세 살이 많았다. 폭행사건 전과 2범에, 교도소 복역 기록까지 있었다. 처음 한국에 입국하고서는 인천과 일산 쪽에 살았고 학력과 경력을 위조하여 영어학원에서 원어민 강사로 일했다. 서울로 올라온 것은 지난 여름, 역시 영어학원에서 일하며 생활비를 충당했다. 나는 강의 영어학원 아르바이트를 떠올렸다. 한국어를 쓰면 벌점을 매기는 학원, 그 문만 벗어나면 초등학생이나 중학생들이 강의 뒤에서 얼쩡거리며 말을 걸었다. 헤이 선생님, 혼혈이에요? 해리포터에서 읽었는데, 잡종?

"하지만 정인, 청소년들이 하는 말은 전혀 모르겠어요."

강은 난감한 얼굴로 그렇게 말하며 수첩에 받아 적은 것들을 보여준 적 있었다. '듣보, 안습, 훈남, 찌질이, 돋네' 같은 신조어와 은어들이 어지럽게 적혀 있었다. 기원이 불분명하고 생명이 짧은 언어의 홍수 속에서 어리둥절하던 강의 눈동자. 그가 내세운 모든 것이 하나하나 거짓으로 판명 날 때마다 혼란스러움은 배가 되었다.

"그 외국인이 썼다는 소설도 좀 볼 수 있나?"

경찰 쪽에서는 집요하게 강이 쓴 것들을 요구했다. 강이 불법체류를 하는 동안 저질렀던 범죄라면 무단횡단까지 밝혀낼 기세였다. 우리는 그럴 때마다 고개를 저었다. 강은 인터넷 카페에 파일을 올린 적이 없었다. 직접 써서 노트에 갖고 다녔기 때문에 우리도 모른다고 말했다. 나중에는 못 이긴 척, 강이 스터디를 할 때 여기저기 남긴 낙서를 내주었다. 형사들은 어이가 없다는 듯 한숨을 쉬며 '제육볶음'이나 '양이 잔다. 할머니가 주무신다.' 같은 메모를 구겨 버렸다.

경찰이 들른 후 학교는 한바탕 떠들썩했다. 강은 학생식당에 자주 나타났고, 영어 말하기 동아리에서 활동하며 많은 친구를 사귄 터였다. 한눈에 띄는 외모 때문에 커뮤니티에는 '혹시 우리 학교 학생 중에 혼혈아 있음?' 같은, 강과 관련된 질문이 종종 올라오곤 했다. 어학당 수업을 듣는다는 것도 거짓말이었다. 강의 작문의 문법적 오류를 봐준 것은 영어 말하기 동아리 사람들이었고 경찰은 소설 창작 스터디보다 영어 말하기 동아리 쪽에 더 심혈을 기울여 수사했다. 그러나 기대했던 것과 달리 직접적인 피해 사실은 확인할 수 없었다. '원어민 강사, 불법체류에 범법자로 밝혀져 충격'과 같은 머리기사가 지역 뉴스의 자투리를 차지했다. 학교 신문사에서는 '불법 체류자, 본교 교환학생으로 행세……피해 확인 중'을 1면에 내보냈다. 학보사의 취재기자는 우리에게 몇 번이나 메일을 보냈지만 기사 내용의 대부분은 영어 말하기 동아리 회원과의 인터뷰였다. '피해 확인 중'이라고 했지만 특별히 밝혀진 피해는 없었다.

흐지부지 시간이 흘렀다. 강은 면회를 거부했고, 강제추방 날짜가 정해진 후에는 출입국관리사무소로 옮겨졌다.

"어, 인욱 씨. 잘 지냈어요?"

학교 도서관의 휴게실에서 만난 영어 말하기 동아리의 회장이 아는 척을 했다. 평소에도 아나운서처럼 똑 떨어지는 목소리와 발음이 귀에 쏙 꽂혔다. 인욱과 커피를 마시던 나도 덩달아 어색하게 인사했다. 경찰 쪽에서 누가 대표자

냐고 물었을 때 지호와 내가 등을 떠민 탓에 얼결에 총대를 멘 인욱은 수사 과정에서 딱 한 번 영어 말하기 동아리의 회장과 만난 적이 있었다. 자주 작문한 걸 들고 와서 도와 달라고는 했는데요. 회장이 말끝을 흐렸다. 그게 소설이었습니까? 경찰의 질문에 회장이 얼빠진 얼굴로 되물었다. 네? 경찰은 인내심 있게 인욱을 가리키면서 다시 물었다. 이 사람들 말로는 같이 소설 스터디를 했다는데, 그놈이 가져온 게 소설이었냐고요. 회장이 고개를 갸웃거렸다. 글쎄요, 내용엔 관심이 없어서 잘.

강이 쓴 소설을 찾으면 그 안에서 뭔가 대단한 것, 이를테면 반사회적인 경향이라든가 정신적인 문제를 찾을 수 있으리라 기대했던 경찰은 실망하는 기색이 역력했다. 그래놓고 회장은 도리어 질문을 던졌다. 그런데, 소설 스터디를 했다고요? 아니, 무슨 소설?

"방학인데도 공부 열심히 하시나 봐요."

"예, 뭐. 책 읽으러 왔어요."

"마무리는 잘 됐어요? 저희는 뭐, 잘 알아보지도 않고 원어민이라면 그저 좋아한다고 욕 많이 먹었죠. 체면 한 번 제대로 구겼다니까요."

회장이 자판기 커피를 뽑으면서도 말을 잇는 바람에 자

리를 피할 수가 없었다. '승강이'는 유명세를 치렀던 내가 속해 있었기 때문에 몇 번 언급되었지만, 정식 동아리가 아니었기 때문에 영어 말하기 동아리가 집중포화를 받았다. 주로 학교의 온라인 커뮤니티에서였다. 영어권 외국인에 대한 무조건적인 수용이 비난의 원인이었는데, 다른 한 쪽에서는 원어민 영어 과외 게시글의 조회수가 폭주했다. 신청 댓글이 두 페이지를 넘었다.

간간이 강을 옹호하는 내용의 글이 커뮤니티에 올라왔으나, 폭행사건을 일으켜 전과가 있었다는 내용의 신문 기사를 누군가 퍼오면서 '게임 오버'였다. 종내는 그가 정말 한국인 혼혈인지 알 수 없다는 의혹이 제기되었다. 중국인이거나 일본인 혼혈이 아니라는 보장은 또 어디 있느냐는 게 강에 대한 마지막 글이었고, 많은 사람들이 동의를 표했다.

"제가 정말 궁금한 건요."

회장이 말했다.

"도대체 미국 영주권자가 뭐가 부족해서, 한국에 불법체류 따위를 했을까요?"

***

황사는 나아질 기미가 보이지 않았다. 외출을 하고 돌아오면 입 안에 모래가 까끌까끌했다. 나는 몇 번이고 강을 만나러 갔다. 지호와 함께 간 적도 있고 인욱과 번갈아 가기도 했다. 나중에는 영어 말하기 동아리의 회장이 맡긴 강의 물건, 그러니까 그쪽 동방에 두고 갔다는 한글 동화책과 모자 같은 것도 맡았지만 끝내 강을 만날 수 없었다. 외국인 노동자들이나 위장결혼을 한 조선족 아가씨들과 뒤섞여 있을 강을 생각하면 가슴이 갑갑했다. 어떤 의미로는 코리안 드림을 안고 왔던 강을, 이렇게 보낼 수는 없다고 생각했다.

경찰 측에서는 그런 우리를 보고 혀를 찼다. 불법 체류자에 의한 피해가 급증하고 있는데 아가씨는 몸 안 버렸으니 운 좋은 줄 알라는 식이었다. 한 번 테두리 밖으로 밀려난 강을 그 외의 방식으로 읽는 것은 불가능해보였다. 불법 체류자였기 때문에 잠재적인 범죄자였고, 그래서 우리에게 접근한 것도 무언가 꿍꿍이가 있었기 때문이다. 다른 것들은 끼어들 자리가 없었다. 이빨이 부러진 남자는 인욱에게 전화와 문자 메시지를 보내 합의를 하지 않으면 고소하겠다고 으름장을 놓았다. 쌍방 폭행이었고 시비도, 먼저 주먹을 휘두른 것도 그쪽이었는데도 그랬다. 우리가 학생이고 어리고 강이 불법체류자였기 때문이다.

“어차피 강이 강제추방되기로 한 이상, 고소를 한다고 해서 달라지는 건 없는데. 머리가 나쁜가?”

“어차피 흐지부지될 거라면 콩고물이라도 챙겨야겠다는 심사겠지. 치사한 놈들한테 걸렸어.”

경찰 측에서도 우리가 합의금을 지급할 필요가 없다고 했다. 그러나 우리는 만나기만 하면 합의금을 마련할 방법을 생각하느라 머리를 맞댔다.

“야, 너 알부자라며. 용돈 3배로 받는다며.”

“응, 근데 매번 등록금 내고 후원금 내고 하다 보니까 모아둔 게 없네. 이런 걸 두고 빛 좋은 개살구라고 하나보다. 에이 씨.”

“……정 안 되면 내가 좀 낼 수 있어.”

내가 끼어들었다. 인욱이 담배에 불을 붙이면서 고개를 꺾었다.

“니가 어떻게?”

“내 이름으로 된 돈이 있어. 내가 번 건 아니지만.”

나는 머뭇거리며 말을 흐렸다. 서울에 올라와서 처음 구했던 방은 보증금이 비싸고 월세가 저렴했다. 일종의 반 전세였다. 그때 아빠는 나에게, 그 보증금은 이제 네 돈이니 알아서 굴려보라고 했다. 이십 년을 두고 봐도 경영학이나 재테크에는 재능도 관심도 없는 딸을 모르는 건지 진짜 콩깍지가 쓰인 건지 알쏭달쏭했다. 그 방은 층간소음이 너무 심했기 때문에 나는 딱 3개월을 살고 여름방학을 이용해 다른 방으로 옮겼다. 그 방은 보증금이 싸고 월세가 비쌌다. 자연스럽게 '노는 돈'이 생겼지만 나는 한 번도 그게 내 것이라고 생각해본 적 없었다. 나와 어떤 경험도 기억도 공유하지 않은 통장의 숫자들을 볼 때마다 아주 깊은 곳에서부터 내 발목을 옭아매는 족쇄 같았다. 그걸 이렇게 쓸 수 있다면 차라리 잘 된 일이다 싶었다. 잠자코 듣고 있던 인욱이 담배를 비벼 끄면서 그랬다.

"너, 쁘띠 부르주아였구나."

나는 가슴이 철렁 내려앉았다. 인욱의 말에는 보이지 않는 가시가 돋혀 있었다.

"너도 『내 아들의 연인』 같은 강남 소설 한 번 써봐. 20대가 쓰면 훨씬 신선할지도?"

"안 돼, 정인이는 된장찌개를 제일 좋아하는 된장녀잖아?"

지호가 수습하려는 듯 끼어들었지만 나는 입술을 꼭 깨

물었다. 괜히 말을 꺼냈다는 생각에 후회가 먹구름처럼 몰려왔다. 인욱이 가만히 고개를 숙인 채 담배를 세다가 다시 말했다.

"네가 그렇게 집을 싫어하면서도 결국에는 주기적으로 집에 내려갈 수밖에 없는 이유를 알겠다."

"무슨 말이야?"

"김영하 작가가 그런 충고를 한 적이 있어. 부모들의 기대를 가능한 한 빨리 배신하라고. 하지만 달콤한 젖줄을 물고 있으면 그게 쉽지 않지."

인욱이 소파에서 몸을 일으켜 허리를 반듯하게 세우면서 말을 이었다.

"물론 네가 작가 지망생은 아니니까 그런 충고나 각오는 상관없지만. 지금 니가 그 돈을 필요하다고 써버리면, 어느 순간 결정적일 때 아버지가 원하는 대로 삶의 방향을 조정할 수밖에 없게 된다는 뜻이야."

정곡이었다. 아직도 나는 부모님에게 소설을 쓴다고 말하지 못했다.

"다 안다는 것처럼 말하네. 내가 니 소설 속 등장인물이라도 돼?"

인정하지 않으려고 해도 목소리 끝이 파르르 떨렸다. 인욱이 픽 웃었다.

"아니, 뭐. 많이 봤으니까, 너 같은 애들."

시큰둥한 그 말은 결정타였다. 나는 그 자리에서 벌떡 일어났다.

"시비 거냐?"

"아니."

"그럼 뭔데?"

분위기가 팽팽해지자 지호가 먹던 과자를 내려놓았다.

"그냥, 니가 소설을 오랫동안 못 쓰는 이유가. 쓸 말이 없어서인가 싶어서."

"뭐라고?"

"네가 전에 니 입으로 그랬잖아. 너는 인생에서 달고 부드러운 부분만 골라먹으면서 산 것 같다고. 그 말 그대로야. 소설을 쓰려면, 하다못해 자기와 가까운 이야기를 쓰려면 지금까지 있던 자리에서 조금씩 벗어나는 탈주가 필요한데……그걸 할 생각이 없으면 당연히 쓸 게 없지. 세상을 보는 눈이 똑같잖아."

"……!"

"뭐, 너도 언젠가 부모님 의견에 떠밀려서 뜬구름 쫓는 일은 관둘지도 모르고."

얼굴 근육이 뻣뻣하게 굳었다.

"난 항상 어느 정도 마음의 준비는 하고 있어, 같이 쓴다는 거야말로 제일 거대한 판타지니까."

인욱이 말했다. 상철을 보낼 때처럼 표표함을 가장한 불안이 선명하게 묻어났다.

"너, 다른 사람을, 니 여자친구에 대입해서 보지 말아줄래?"

"뭐?"

"니 여자친구가, 그런 이유로 너를 찼다고 해서, 스터디에 있는 다른 사람들까지 그런 식으로 매도하지 말라고!"

"여기서 그 얘기가 왜 나와?!"

"야, 너네 그만해!"

"왜, 창피하냐?! 초라하고 가난한 사랑이야말로 진짜 사랑인 것처럼 유난 떨다가 고시촌에 뺏기니까 딴 사람들이 다 속물 같아 보이지!!"

"서정인, 조용히 안 해?"

"너나 닥쳐! 니가 나보다 안 말랐으면 때렸어!!"

"야!"

"뭐! 내가 못 쓰고 빌빌거리니까 우스워 보이냐? 거들먹거리긴, 너도 사실 존나 못 쓰거든! 넌 평생 가도 등단 못해 이 멸치 같은 놈아!”

나는 책상에 놓여 있던 책을 인욱 쪽으로 집어던지고, 씨근덕거리면서 동아리 방을 박차고 나왔다. 도대체 왜…… 이야기가 이렇게 튀었는지 모르겠다. 싸울 이유라고는 하나도 없었는데. 나는 헐떡거리면서 긴 복도를 뛰고 또 뛰었다. 그다지 화낼 일이 아니고, 그 정떨어지는 말투는 인욱의 트레이드 마크라고 이성적으로 생각하려 해도, 피가 거꾸로 솟는 듯한 느낌은 어쩔 수 없었다. 그게 내 오랜 콤플렉스였기 때문이다. 상처는 그런 식으로 온다.

처음 소설을 쓰고 싶다고 생각한 이후로 어떤 모호한 죄책감이 내게 달라붙었다. 무수한 소설을 읽고, 베껴 쓰고, ‘등장인물’과 ‘구조’, ‘배경’ 등으로 세분화해서 샅샅이 분석할 때면 어느 순간 자신이 없어졌다. 내가 과연 쓸 수 있을까, ‘이런’ 내가 쓴 이야기가 도대체 무슨 소용이 있을까. 아빠나 할아버지가 전근대적인 권력을 휘두른다 해도, 그쯤은 흔해빠진 설정이고 대단할 게 없었다. 나는 경제적으로 어려웠던 경험도, (고모를 둘러싸고 벌어지는 몇몇 사건을 제외하고는) 가족관계에서 일어나기 마련인 비극을 겪은 적도 없었다. 교통사고도, 빚쟁이도, 불치병도 모두 다른 세계의 일이었다. 삶이 너무나 간단하게 한 인간을 향해 손바닥을 뒤집고, 그 안에서 새로운 가능성이 태어나는 소설을 보고 있노라면 내가 무탈하다는 사실이 원망스러웠다. 그러면서도 그 둥글고 안락한 삶에서 이탈하려 하지 않는 내가 한심했다.

아무것도 쓰지 못하는 게 당연하다고, 마음속 깊은 곳 어디선가……생각했던 것이다. 그런데 인욱이 말해버렸다. 나쁜 새끼. 니가 그러니까 국문과 개새끼야. 나는 뒤면서 중얼거렸다. 내가 아빠에게 무언가를 따질 때마다 엄마는 말했다. 그래, 니 말이 다 맞다. 그러니까 아빠도 아무 말 못하고.

근데 있다 아이가, 정인아. 니 그거 아나?

사람은 맞는 말 할 때 제일 기분 나쁘다.

# 9
# 아침이 오는 풍경

“내가 중산층 이성애자라는 사실. 그것은 유일한 약점이 아니라, 나의 본질적인 한계가 아닌가?”

지호가 옆에 쭈그리고 앉아 심보선의 시 중 한 구절을 읽었다.

“너네가 싸운 건 이미 작가느님들이 고민 끝낸 아아주 진부한 주제다, 꼬꼬마들아. 적당히 해.”

나는 눈을 흘기며 귀를 막았다. 인욱이 좋아하는 시였고, 나도 수첩에 적어둔 것이었다. 인욱은 그날 이후로 동아리방에 오지 않는다. 나는 학생 식당에서 혼자 밥을 먹다가 지호에게 붙들려 끌려온 참이었다. 동아리방은 에어컨이 돌아가다 말아서 후덥지근했다.

"싸울려면 타이밍 좀 봐가면서 싸우지. 우린 지금 강의 합의금을 만들어야 한단 말야, 이 중요한 시기에."

지호가 툴툴거렸다.

"이따가 수업 끝나고 인욱이한테도 오라고 했어. 이 문제 해결하고 나면 싸우라고 자리도 깔아줄 테니, 오늘은 일시 휴전 좀 하자."

"됐어. 꼴도 보기 싫어."

"에이, 왜 그래."

"비비 꼬아서 시비 건 게 누군데."

"걔 말투가 원래 그런 거 알잖아. 괜히 별명이 개새끼겠어?"

"……내가 잘못했다는 거야?"

"난 아무 편도 안 드는데?"

그리고서 다시 침묵이었다.

"인욱이가 한 말에 상처 받았구나."

지호가 나직하게 말했다. 갑자기 울 것 같아 나는 소파에 얼굴을 묻었다. 지저분한 소파에서 곰팡이 냄새 같은 게 났다. 내일 아침에 얼굴에 뭔가 잔뜩 날지도 모르지만 지금은 얼굴을 들고 싶지 않았다.

"니가 이해해. 인욱이가 원래 집안이나 돈 문제에 민감해."

"……."

나는 뭔가 드라마틱한 사연이 있을까 싶어 귀를 기울였지만 지호는 거기까지만 말하고 입을 다물었다. 누구에게든 객관적으로 보면 대수롭지 않지만 치명적인 스위치가 있다. 용의 역린처럼, 건드리면 미친개가 되는 지점. 그날, 내 말의 어디가 인욱을 기분 나쁘게 했는지는 알 수 없지만 인욱 역시, 자기 말의 어디가 나를 그렇게 분노하게 했는지 모를 것이다. 그럴 때의 분노는 상대방이라기보다는 자기를 향한다. 화를 쏟아내고 나서야 그걸 깨닫고, 그러면 너무 창피하기 때문에 상대를 볼 용기가 안 생긴다.

어쩌면 인욱도, 지금 나와 같은 생각을 하고 있을까. 나는 소파에서 슬쩍 얼굴을 떼서 지호를 쳐다보았다.

"인욱이가 한 말, 넌 어떻게 생각해?"

"뭘?"

"자기가 머무른 자리에서 탈주하지 않으려는 사람은, 소설 못 쓴다는 말."

"으음—소설이든, 그림이든, 음악이든, 제각각 하는 이유가 다 다르잖아. 인욱이가 그렇게 생각한다는 건 나도 처음 알았지만, 뭐……걔가 좋아하는 작가들이 다 혁명파인 걸 보면 당연하게 들리기도 하고."

지호가 슬그머니 말을 늦췄다.

"중요한 건 객관적인 조건이라기보다는, 그 사람의 태도라고 생각하는데, 나는. 너 그거 알지? 쇼펜하우어야말로 진짜 부잣집 아들이었다는 거. 죽도록 돈이 많아서 그렇게 세상이 시시할 수 있었던 거야. 만약 쇼펜하우어의 아버지가 거지였다면, 우린 위대한 철학자 한 명을 잃어버리는 거지."

"……뭔 소리야?"

"자기가 할 수 있는 걸 찾는 게 중요하다는 말이지."

지호가 나를 밀치면서 소파로 기어들어왔다. 작은 소파는 지호와 내가 눕는 바람에 꽉 찼고, 나는 굴러떨어지지 않기 위해 엉덩이에 힘을 단단히 주었다.

"예를 들어볼까? 난 아빠가 3명이고, 그래서 우리 엄마는 사람들이 말할 때는 화냥년이고 나는 불쌍한 애지만, 난 가족 트라우마는 안 써. 그건 나한테 중요한 게 아니거든. 내가 가족에 관해서 관심 있는 거라면 오히려, 피를 나눴다는 이유만으로 사람이 사람을 얼마나 절망시킬 수 있는지 느끼게 하는 폭력이야."

지호는 너무나 자연스럽게 '엄마'와 '화냥년'이라는 말을 나란히 썼다. 반어도 아이러니도 아니었다. 나는 직감적으로, 그런 말들이 지호나 지호의 엄마를 상처 주지 못한다는 사실을 눈치 챘다. "의도가 너무나 분명한 말에 의도한 대로 반응을 보여주면서 살기에는 그런 말들이 너무 많거든." 지호가 덧붙였다. 나는 바로 앞에 있는 지호의 얼굴을 꼼꼼히 뜯어보았다. 나와는 전혀 다른 삶의 경험을 간직하고 있는, 그 눈썹과 눈과 코와 입술과 턱 밑에 난 작은 점까지 하나하나. 내가 만약 그 애였다면, 그 애와 똑같은 삶을 살았더라면 나는 지호처럼 웃고 이야기하고 지호와 같은 소설을 썼을까. 똑같은 삶에서는 똑같은 이야기만 나오는 것일까?

그때 동아리방 문이 열렸다. 오늘도 세상에 불만이 가득한 표정으로, 그러나 어딘지 머쓱한 얼굴로 인욱이 들어섰다. 지호가 내 이마로 쏟아진 앞머리를 걷어 올리면서 다정하게 말했다.

"어떤 부분에서 뭘 길어내는지는 아무도 모르는 거야. 불행한 사람만이 쓸 수 있는 이야기가 있다면, 너처럼 안락하고 따뜻한 삶을 살아온 사람만이 쓸 수 있는 이야기가 또 있겠지. 너만이 갖고 있는 고유한 이야기라면, 우리가 조언해줄 수 없는 건 당연하잖아? 그래서 우리가 합평 때 남의 말을 대수롭지 않게 듣는 거기도 하고."

지호의 그 말에 나는 엉덩이에 힘을 뺐다. 쿵, 하고 소파에서 떨어진 나는 엉덩이를 털고 일어났다. 인욱 쪽으로 고개를 돌리면서 나는 말했다.

"미안."

한 발 늦었다는 표정으로 인욱이 대꾸했다.

"아니……내가 미안하다. 좀 오버했어."

"그럼 두 사람, 화해한 기념으로 뜨거운 포옹 한 번 해."

"웃기고 있네."

"너나 해라."

인욱과 내가 동시에 지호에게 짜증을 냈다. 의자를 끌어 앉을 때, 인욱이 중얼거렸다.

"뭐……씨가 가득한 딸기잼 얘기 같은 건 확실히 재미있을 지도."

아까 지호가 하던 이야기의 연장선이었다. 자기만이 쓸 수 있는 글. 내가 뭐라고 대꾸하기도 전에, 지호가 눈을 동그랗게 떴다.

"딸기잼엔 원래 씨 없는 거 아냐?"

인욱이 거봐, 하는 눈으로 나를 쳐다보았다.

얼마 후 나와 인욱은 은행을 찾았다. 적금 통장을 깨는

데는 인욱의 신분증이 필요했다. 여러 가지 벌금과, 사소한 이벤트에서 받은 상금 같은 것들이 더해져 출판 비용은 내가 처음 스터디에 들어왔을 때보다 약간 불어나 있었다. 인욱과 지호가 돈에 대해서 어떤 의사를 표시한 것은 그때가 처음이었다. 그 돈은 고스란히 합의금이 되었다.

적금을 깨러 가기 전, 나는 머뭇거리면서 통장을 내밀었다. 인욱과 지호가 붓는 적금은 2년짜리였다. 그게 만료되면 같이 합칠 생각으로 학원에서 시험지 채점 아르바이트를 하면서 모은 돈이었다. 있으나 마나인 적은 금액이었지만 애초에 목적이 뚜렷했던 돈이 사라지는 마당에 내가 그걸 갖고 있어봤자라는 생각이 들었다. 인욱은 그걸 새로운 종잣돈으로 하자고 했다. "깨지 말고 넣어둬, 다시 시작하는 기분이라 좋잖아."

내가 붓는 적금은 만료까지 일 년이 넘게 남아 있었다. 하지만 그때가 되면 또 어떻게 될지 모른다. 일 년은 짧으면서도 또 길었다. 내년이 되면 지호는 졸업을 할 것이다. 그 외에 또 취업이나, 어학연수, 인턴, 아르바이트……. 누구보다 열심히 스터디에 참석하던 강을 갑작스럽게 앗아간 이곳에서는, 모든 게 불확실하고 믿을 수 없었다.

그래도 내 통장은 그대로 남았다. 인욱은 새로 받은 아르바이트비를 내 계좌로 송금했다.

"아직 학생들이라서 봐주는 겁니다. 진작 좀 줄 것이지."

사내들은 우리가 내민 땀내와 사랑내 포근히 품긴 봉투를 받고 미련 없이 일어섰다. 그 돈의 역사, 거기에 촘촘하게 얽힌 사연과 사람들에 대해서 아무것도 모르면서 그렇게 달랑 들고 가버렸다. 그 뒷모습을 보고 있자니 우울해졌다. 돈이 아깝다기보다, 가슴이 텅 빈 느낌이었다.

꽃이 다 지고, 강이 미국으로 강제추방되었다는 소식이 전해졌다. 우리는 노란 방에 앉아 종이 비행기를 접어 멀리 멀리 날렸다.

* * *

여름방학과 동시에 세상은 거대한 찜통으로 바뀌었다. 스터디는 편의점 파라솔 밑에 앉아서 맥주를 마시면서 하는 것이 거의 정석처럼 되었다. 종이는 눅눅했고 우리는 엿가락처럼 늘어졌다. 지호가 갑자기 소리를 질렀다.

"우리 바다 가자!"

"바다를 갑자기 어떻게 가!"

"나 면허 땄잖아. 지금 안 쓰면 언제 써?"

지호가 씨익 웃었다. 얼마 전 운전학원의 화단을 넘어가고 역주행을 하는 우여곡절을 겪으면서 면허증을 따더니 직접 차를 몰고 싶은 모양이이다. 나는 건성으로 고개를 끄덕였다. 내가 신봉하는 몇 안 되는 아빠의 가르침 중 제 1번은, '믿음직하지 못한 인간이 운전하는 차는 타지 마라'였다. 지호는 종종 자기가 카레이서 본능이 있다고 자랑했는데 그 차를 탔다가는 원 없이 지옥의 언저리를 핥을 것 같았다.

"어디 가지?"

"부산은 싫어!"

내가 부르르 떨었다. 나는 여행을 하고 싶지 귀성을 하고 싶지는 않았다. 지호가 나를 달랬다.

"알았어, 알았어. 동해로 가자. 야, 말 나온 김에 오늘 가는 거야! 밤에 출발해서 해 뜨는 거 보고, 저녁에 돌아오면 되겠네!"

"차는 어쩌고?"

내가 묻자, 잠깐 멍한 표정을 지었던 지호가 말했다.

"인욱이 아빠 차 훔치면 돼."

"기름값 내라……."

인욱이 담배 연기를 뿜으면서 말했다. 의외로 순순히 수

락할 때 알아봐야 했다. 우리는 자정에 학교 앞에서 만났다. 저만치서 굴러오는 차를 보고 설마설마 하다가, 머리를 쑥 내미는 인욱을 보고 맥이 탁 풀렸다. 박물관에서나 볼 수 있는 차가 움직인다는 게 실감이 안 나서 나는 볼을 한 번 꼬집었다.

"와! 장난 아니다. 엄청 똥차네?"

"닥쳐. 똥차도 없는 게. 동해까지 걸어가고 싶냐?"

"죄송합니다. 헤헤헤."

나는 얼른 차에 올라타면서 인욱의 어깨를 주물렀다. 어쨌든 운전에 한해서는, 지호보다 인욱이 안전할 것 같았다. 자기도 그걸 아는지 인욱은 핸들을 꽉 쥔 채 지호를 뒷좌석에 몰아넣었다. 차 안은 지호가 가져온 시끄러운 클럽 음악으로 쿵쿵거렸다. 너 이런 음악 좋아했어? 내가 묻자 지호가 어깨를 들썩거리면서 그랬다. 원래 여행 갈 때는 팝이나 발라드보다는, 이렇게 불량식품 같은 노래를 들어야 된다고. 맞는 말이다. 심지어 인욱도 핸들을 잡은 손을 따닥따닥 움직이고 있었다. 열어놓은 창문 사이로 미지근하고 넉넉한 여름 바람이 마구 불어 닥쳤다. 그럴 때마다 머리털이 부드럽게 부풀었다가 가라앉기를 반복했다. 한창 그렇게 시내를 가로질러 가는데, 신호를 기다리던 인욱이 창문을 잡고 소리 질렀다.

"야, 창문이 안 올라가!"

"뭐라고?"

진짜였다. 출고된 지 20년이 넘은 프라이드의 중년 우울증 같은 반항이었다. 길가에 잠시 주차해놓고 창문을 올리려고 별짓을 다했지만 셋 다 땀투성이가 돼서 나가떨어졌다. 버튼이 아니라 돌리는 형태였는데 아무리 돌려도 창문은 꿈쩍도 안 했다. 엔진이나 에어컨 고장이 아닌 게 다행이지만 이렇게 창문이 안 닫히면 고속도로를 타기도 힘들다. 20년 넘은 프라이드라고 해도 고속도로에서는 100km로 달려야 하니까. 고속도로는 모두에게 평등하니까.

"야, 넌 남자애가 무슨 힘이 이렇게 없냐? 좀 올려봐!"

"안 돼, 손잡이 떨어지면 니가 책임질 거야?! 이래봬도 나한테는 형제 같은 애라고."

그때 음료수를 사러 나갔던 지호가 무언가를 한 움큼 들고 차 안으로 들어왔다. 뭔가 해서 보니, 길바닥을 잔뜩 뒤덮은 나이트클럽 전단지였다.

"넝마주이도 아니고, 이건 뭐하러 가져왔어?"

"이걸로 창문을 막자."

지호가 편의점에서 사온 청 테이프를 뜯으며 진지하게

말했다. 그걸로 되겠나 싶어 나는 그냥 하는 대로 내버려두었다. 지호가 끙끙거리며 전단지를 붙였다. 얼마 후 인욱이 형제와 다름없다고 말한 프라이드는 한쪽 창문이 온통 '죽을 때까지 부킹'인, 망해가는 나이트클럽에서 홍보 나온 차로 변신했다. 일단 엉덩이를 뗀 이상, 창문 고장 같은 사소한 문제로 주저앉을 수는 없기 때문에 에라 모르겠다는 심정으로 우리는 다시 출발했다.

"으하하하하! 야 미친 것 같애!"

"야, 웃지 말고 너도 좀 잡아!"

나름대로 괜찮은 방법인 듯 싶었던 전단지는 시속 100km로 달리는 고속도로에 들어서자 맥없이 떨어져 바람에 날리기 시작했다. 내가 미친 듯이 펄럭이는 전단지를 잡고 사투를 벌이는 동안 지호는 웃기 바빴다. 옆을 스쳐 지나가는 차에서 사람들이 의심스러운 눈으로 우리 차를 쳐다보았다. 겹쳐 붙인 것들이 한 번에 떨어지면서 부킹—뜨거운 밤—노 팬티 쇼—그런 단어들이 한데 뒤섞여 펄럭였다. 으하하하! 거친 바람이 머리채를 후려쳐, 어느새 나도 정신이 반쯤 나가버렸다. 지호와 나는 교대를 해가면서 전단지를 붙들었다.

새벽의 고속도로 위, 헤드라이트가 비추는 만큼만 둥글

게 길이 떠올랐다. 그만큼만 보여도 우리는 무사히 산도 넘고 커브도 돌고 몇 개의 톨게이트도 통과했다. 가끔씩 옆으로 쉭, 하고 차가 스쳐지나가는 소리가 들렸다.

"아, 이게 뭐야! 해가 너무 빨리 뜨잖아!"

"여름에는 해가 빨리 뜬다는 걸 깜박했다. 에이, 망했어."

바다에 도착하기도 전에 이미 온 세상이 환했다. 여름 해는 일찍 뜬다는 것을 깜박했기 때문이다. 휴게소에서 너무 오래 시간을 끌었다. 우리가 우동과 핫도그를 먹는 동안 나이트클럽 전단지로 도배된 우리 차는 사람들에게 둘러싸여 구경거리가 되어 있었다.

"그래도 여기서 보이는 게 어디야. 내리자!"

우리는 부산을 떨며 차에서 내렸다. 해안도로에는 우리와 같은 의도로 씽씽 달리다가 갓길에 차를 대는 사람들이 드문드문 있었다. 하늘은 온통 부드럽고 깊은 주홍빛이었다.

"해야 솟아라 해야 솟아라 말갛게 씻은 얼굴 고운 해야 솟아라."

인욱이 주술을 거는 것처럼 중얼거렸고 사람들이 겁에 질린 눈으로 쳐다봤기 때문에 어쩔 수 없이 그 애의 입을 때렸다.

까마득하게 일렁이는 수평선이 어디까지나 이어져 있었

고, 빛살을 퍼뜨리면서 천천히 해가 이마를 드러냈다. 하늘과 바다가 맞닿은 부분이 가장 먼저 붉게 물들었다. 해가 아주 조금만 나타났는데 세상은 한층 더 환해졌다.

아름답다.

누가 중얼거렸다. 이런 식으로 세상에 아침이 온다. 살면서 몇 번은 일출을 봤을 터인데 나는 그 모든 풍경이 처음처럼 경이로웠다. 모습을 드러낸 해는 무언가에 떠밀리듯 미끈하게 움직이더니 드디어, 둥실—하고 솟아올랐다. 아직까지 산에서 내려온 어둠에 묻혀 있던 도로에도 따뜻한 아침햇살이 좍 비쳐들었다. 나는 눈살을 찡그렸지만, 피하지는 않았다. 곧고 강한 빛이었다. 모든 것이 생생한 빛깔로 넘실거렸다. 점점 더 높이 떠오르는 해는 영화나 만화에서 보는 것처럼 커다랗지는 않았지만, 붉고 둥글었다.

# 10
# 모든 이야기의 시작

—서정인 학생? 과사에 우편물이 도착했으니 찾아가세요.

불어불문학과 사무실로 가는 내내 나는 연락이 잘못 온 게 아닌가 의심했다. 자취를 하는 애들 중에서는 동아리방이나 과사를 우편 수령지로 쓰는 경우가 종종 있었다. 하지만 내가 학교를 통해 받을 우편물이라고는 짐작 가는 게 없다.

과 사무실은 붐볐다. 수강 신청에 실패한 학생들이 과사에 애원하려고 문전성시를 이루고 있었다. 내가 이름을 밝히자, 조교가 한쪽 어깨에 전화기를 끼운 채 다른 손으로 우편물을 건넸다. 묵직한 서류봉투였다. 나는 꾸벅 인사를 하고 나와서 봉투를 들여다보았다. 우체국 소인과 스티커에 'USA'가 또렷했다. 나는 참지 못하고 선 자리에서 봉투를 뜯었다.

우편물은, 정확히 말하면 강이 보내온 것은 아니었다. 수신인의 이름은 전혀 다른 사람이었고 주소 역시 펄라델피아로 되어 있었다. 봉투를 열기 전 나는 오래 망설였지만 지호와 인욱을 만날 때까지 기다릴 수가 없었다.

안에는 납작한 노트 한 권과 편지가 한 장 들어 있었다. 편지는 우편물을 보낸 사람이 쓴 것이었다. 영어로 썼으며 필기체라 쉽게 알아보기 어려웠지만, 내용은 짧고 간결했다.

— 친애하는 Ms. 서

반갑습니다. 나는 강의 사촌 형입니다. 나의 아버지는 그의 법적 후견인입니다. 강은 3살 때 자동차 사고로 어머니를 잃은 후 줄곧 우리 집에서 자랐습니다. 강의 어머니는 강의 아버지가 누구인지, 어디에 있는지 말하지 않았습니다. 강이 태어나기 전 그가 미국을 떠났다는 것밖에 듣지 못했습니다. 지난 3년간 연락이 되지 않았기 때문에 그가 한국에 있었다는 것을 처음 알았습니다.

강은 현재 폭행 사건에 연루되어 수감 중이지만 건강합니다. 지난주에 내게 이 노트를 보내왔습니다. 교도소에서 쓴 것입니다. 한국에 있는 당신들에게 전해달라고 부탁하더군요.

노트를 펼치자 익숙한 글씨가 눈에 들어왔다. 잃어버린 자식의 신발이라도 발견한 양 가슴이 벅찼다. 삐뚤삐뚤하고 획의 순서가 제대로 지켜지지 않은, 강 특유의 글씨였다. 좁은 칸 안에 완전히 안착하지 못한 글씨들이 여기저기 비어져 나와 갓 한글을 배우기 시작한 아이 같았다. 첫 문장을 읽었을 때 나는 강이 소설의 완성본을 보내왔음을 깨달았다. 경찰서에는 없다고 잡아뗐지만, 우리는 각각 한 부씩, 강이 쓰다 만 소설의 절반을 복사본으로 갖고 있었다. 강이 스스로 문장을 고쳐보겠다고 이야기한 이후 한동안 보여주지 않았기 때문에, 우리가 갖고 있는 것은 어디까지나 여러 사람의 손때가 묻은 버전이었다.

노트의 첫 장 첫 줄. 강의 소설이 다시 시작되고 있었다.

'리나는 두 손바닥으로 다정하게, 김의 얼굴을 감쌌다.'

앞의 부분은 그대로였다. 그러나 읽을수록 기억하고 있던 것과 미세하게 달랐다. 약속했던 대로 스스로 고친 것 같았다. 문단에서 느껴지는 서로 다른 개성(매번 첨삭하는 사람의 취향이 반영되었고 그것들은 때때로 충돌해서 강을 곤란하게 했다)이 말끔하게 사라지지 않았지만 강이 상당히 노력했음을 알 수 있었다. 띄어쓰기 몇 개를 제외하면 거의 틀린 부분이 없었다. 나는 리나와 김이 둘 다 고급교육을 받지 못한 인물로 그려진다는 것을 그제야 눈치 챘다. 소설 속에서 '김'은, 한국에 오기 전 강이 그러했던 것처럼 카센터에서 일하거나 허름한 식당에서 밥을 먹었다. 바퀴를 가는 장면의 묘사가 섬세했다. 대학이나 교환학생 같은 생활은 묻어나지 않았다. 왜 눈치 채지 못했는지 스스로가 한심할 지경이었다. 강은 우리에게 줄곧 말하고 있었는데. 정인은 착한 사람이다, 라고 하던 강의 목소리가 아른거렸다. 모든 맥락이 사라진 자리, 누군가에게는 불법 체류자이고 폭행 사건의 전과범일 뿐이라도. 그가 기어이 누군가를 때려야 했던 이유가 무엇인지 생각하자 가슴이 아팠다.

절반을 넘어가면서부터는 교정을 거치지 못한 문장이 점점 질서를 잃기 시작했다. 도무지 뜻을 짐작할 수 없는 문장이 출몰했고 뜻을 잃고 표류하는 단어들이 눈에 띄었다. 도와줄 사람이 아무도 없는 상황에서 강은, 영한사전을 유일한 무기처럼 쥐고 매달렸을 것이다. 강이 늘 손에 쥐고 다니던 그 사전은 미국에 있을 때 헌 책방에서 산 것으로 무척 낡고 오래되었다. 시대에 맞지 않는 맞춤법도 많았고 손때가 묻어 새카맸다. 강이 하나하나 얼마나 눌러썼는지를 알 수 있게끔 자음의 획이 꺾어지는 자리마다 굵직하고 잉크가 몰려 있었다. 그의 문장에는 완성도를 떠나서, 뜨겁게 응축된 어떤 힘이 있었다. 섣불리 페이지를 넘겼다가는 델 것 같았다.

연락을 받고 인욱과 지호가 도서관의 휴게실로 달려왔다. 나는 강의 소설을 복사해서 나누어 주었다. 우리는 강의 사촌 형이 보낸 편지를 먼저 읽은 후 탁자에 둥글게 둘러앉았다. 쓰기 시작할 때부터 주제가 뚜렷하고 문장이나 상징, 복선 등 무엇 하나 어려울 것이 없는 소설이었지만 다 읽고 뭐라고 말을 하기까지는 어떤 때보다 긴 시간이 걸렸다. 앞부분을 먼저 읽은 나는 좀 더 빨리 읽기를 끝냈고, 자판기에서 커피를 뽑아 마시며 기다렸다. 휴게실의 괘종시계가 울렸다.

"처음에 쓰려고 하던 분량보다는……짧아졌네."

마침내 종이를 내려놓은 인욱이 말했다. 그새 또 야위어 있었다. 쉽사리 어떤 말을 꺼내는 것을 경계하는 것 같았다.

"봐주는 사람이 없으니까, 힘들었겠지."

강은 소설을 쓰겠다고 했다. 한국어로 서툴게 더듬거린 것보다, 그가 쓴 글이 더 많은 말을 했다. 소설 속 리나와 김이 생생하게 살아 움직였기 때문에 우리도 궁금한 것이 생겨도 묻지 않았다.

편지에 따르면 강의 아버지는 그가 태어나기 전 미국을 떠나고 강이 아주 어릴 때 어머니도 사고로 죽었다. 그렇다면 강이 부모님의 사랑 이야기를 알고 있다고 생각하기는 힘들다. 강의 사촌 형이 '우리는'이라고 말했으므로, 강의 어머니의 가족들 혹은 그 외의 사람들 역시 아무것도 듣지 못한 것 같았다. 아버지가 누구인지도 모른다는 말에서 강이 정말 한국 혼혈이라는 보장은 어디 있느냐고 비아냥거리던 사람들이 떠올랐다.

강은 언제, 어떻게 자신의 아버지가 한국인이라고 믿게 되었을까. 강의 어머니는 어쩌면 강이 자랐을 때 누구에게도 말하지 않고 아껴두었던, 가장 소중하고 빛나는 시절의 사랑에 대하여 이야기하고 싶었는지도 모른다. 그러나 그녀는 너무 일찍 죽어버렸고, 그리하여 강은 그 자체로 수수께끼가 되어버렸다. 왜 한국이었을까. 자신이 아시안과 혼혈이라는 사실을 처음 안 미국인이라면, 열에 아홉은 중국을 생각하지 않을까. 혹은 일본. 어느 쪽이든 강에게는 어차피 낯선 말이겠지만, 왜 하필 소수 언어인 데다가 조합 문자이고 발음마저 까다로운 한국어를 골랐을까. 짐작도 할 수 없다. 만약 그가 전혀 다른 혈통, 이를테면 몽골이나 베트남일 가능성은 또 어떻고……? 거기까지 얘기가 나왔을 때 인욱이 더듬더듬 그랬다.

"만약 그렇다면 말야."

우리는 동시에 마주보았다.

"강이 그토록 절박하게 쓰고 싶어 했고, 기어이 완성한 이건……도대체 뭐지?"

소설은 강이 맨 처음 써왔던 콩트의 마지막 문장으로 끝났다. 리나와 김은 타는 듯이 붉은 노을을 바라보면서 강을 향해 똑바로 걸어간다. 그것이 자살을 암시하는지, 아니면 앞으로도 죽 함께 할 두 사람의 올곧은 행보를 상징하는지는 선불리 판단할 수 없다. '두 사람은 사랑했다. 이것을 기억해야 한다.' 강이 처음부터 꼭 쥐고 있었던 문장으로 소설은 끝난다.

인욱도 지호도 아무 말 하지 않았다. 어릴 적 부모님을 잃은 강이 그들을 직접 만난 적이 없다고 해서, 그들의 사랑을 기억하고 증명하는 누군가가 없다고 해서, 그리하여 최종적으로는 그런 사랑이 '실재'했는지 알 수 없다고 해서 강이 쓴 모든 것이 '가짜'가 되는 것은 아니다.

어린 강은 긴긴 시간 동안 고민했을 것이다. 자신이 기억하지 않으면, 누구도 주목하지 않는 그들의 사랑 이야기는 시간의 풍화작용 속에서 사라져버린다. 강이라는 증거만 없었으면 백인 여성이 아시아 남자와 맺어졌던 굴욕스러운 사실은 좀 더 적극적으로 지워졌을지도 모르는 일이다.

강은 소설을 쓰기로 한다. 계기는 알 수 없다. 다른 무엇도 아니고 소설이어야 하는 이유는 두 개의 언어로 하나의 이야기를 쓰고 싶었기 때문일까. 그것도 잘 모르겠다. 강은 어머니와 아버지를 불러내 새로운 이름을 준다. 국수 가게에서 일하는 아시아 남자를 사랑했던 강의 어머니는 '리나'가 되고, 국적이 불분명한 데다 끝내 미국 땅에 정착하지 못한 강의 아버지는 '김'이 되었다. 강은, 두 사람에게 서로가 필연적일 수밖에 없는 이유를 부여했다.

"어쩌면 아무것도 듣지 못해서 다행일지도 몰라."

형사들은 죽었다 깨어나도 알 수 없을 것이다. 강이 쓴 소설을 확보한다 해도, 전문가라도 고용해서 한 줄 한 줄 분석하더라도 말이다. 사랑하는 사람들끼리는 시간과 공간을 초월하여 서로에게 특별하고 유일한 형태로 존재한다. 강은 그런 기록을 필요로 했다.

나는 소설을 쓰러 와씀미다.

최초의 약속을 강은 끝까지 지켰다. 그거면 충분했다. 나는 강의 노트를 매만졌다. 얄팍한 한 권짜리 노트가 무겁게 느껴졌다. 그것은 강이 낯선 언어와 사투를 벌이면서 끝내 증명하고자 한, 사랑의 방식이었다.

＊＊＊

나는 컴컴한 방 안에 우두커니 앉아 있었다. 눈이 따가웠지만, 머리는 놀라울 만큼 맑았다. 막, 첫 단편소설을 완성한 참이었다. 여행을 갔을 때 해가 뜨는 장면을 보면서 나는 처음으로 무엇을 써야 하는지 알 것 같았다. 머뭇머뭇 쓰기 시작한 것이 어느새 마지막이었다. 망설이다가, 나는 힘껏 마침표를 찍었다. 활자가 빽빽하게 들어찬 워드 프로그램의 창이 꿈 같았다. '파일'을 누르자 밑으로 주르르 메뉴가 떴다. '문서정보'를 눌러 '문서통계' 항목으로 들어가자 숫자들이 튀어나왔다. 글자 16,124자, 낱말 4,013개, 줄 395줄, 문단 61개, 쪽 9쪽, 원고지 81.6장. 나는 눈을 질끈 감고, '인쇄하기'를 눌렀다. 곧 프린터가 요란한 소리를 내며 내 소설이 찍힌 종이를 뱉어내기 시작했다. 얼마 전까지만 해도 내 머릿속에만 떠돌던 것이 이제는 구체적인 부피와 무게로 이 세계의 어딘가를 차지하고 있었다.

책상 앞의 벽에 붙은 꼬깃꼬깃한 10달러짜리가 보였다. 강의 사촌 형이 보내온 것이다. 나는 강의 사촌 형의 주소로 엽서를 부쳤다. 강의 소설을 책에 실을 예정인데 출자금을 내는 것이 원칙이니 미리 한 권 사라는 내용이었다. 서툰 영어 때문에 의미가 왜곡될까 봐 무던히 애를 쓴 끝에 나는 결국 영어 말하기 동아리 회장의 도움을 받았다. 편지를 함께 쓰는 과정에서 나는 그녀가 생각보다 괜찮은 사람이라는 생각을 했다. 강이 소설을 쓴다는 사실을 알고, 자기도 한 권 사고 싶다며 살짝 돈을 찔러줬기 때문이다.

얼마 지나지 않아 작은 편지봉투가 하나 도착했다. 두 권을 예약한다는 내용의 편지와 하얀 종이에 곱게 싼 10달러짜리가 두 장 들어 있었다. 그때의 환율에 맞춰 그만큼의 돈을 통장에 넣고, 10달러짜리는 내가 갖기로 했다. 인욱과 지호는 밤을 새서 강의 소설을 타이핑했고 문서 파일로 만들었다. 카페의 '완고' 게시판에는 오랜만에 새로운 게시물을 알리는 반짝반짝한 N이 떴다.

시계를 보니 새벽이었다. 참을 수 없이 배가 고팠다. 나는 시장에서 아이 손을 놓고 돌아서는 엄마처럼, 단호하고도 처절하게 자리를 박차고 일어났다. 프린터 앞에서 얌전하게 모여 있는 소설을 들춰보고 싶은 마음이 굴뚝같았다. 그러나 견뎌야 했다. 소설을 다 쓴 직후에 보면 약간 뽕 맞은 듯한 기분이 들어 똥덩어리도 예쁘게 보인다며, 지호와 인욱은 바로 읽지 말 것을 강조했다. 김치를 익히듯, 시래기를 말리듯 천천히, 천천히…….

종이 위에 뿌려진 활자들이 눈을 떼면 어디론가 달아날 것 같아 나는 천천히, 천천히를 반복하며 부엌으로 갔다. 밥통에는 어제 저녁에 먹고 남은 찬밥이 조금 있었다. 나는 찬장과 냉장고를 번갈아 열었다. 이 시간에 무언가 요리를 하는 것은 아무리 나라고 해도 좀 피곤했다. 찬장에는 자취생의 실탄이나 다름없는 조미 김과 참치 통조림이 있었다. 자취를 시작한 이후 나를 키운 것은 팔 할이 참치였다. 너로 정했다! 나는 낱개 포장된 김을 꺼내 뜯고, 수저통에서 숟가락을 뽑았다. 밥을 푸려고 보니 남는 밥그릇이 없었다. 며칠째 엉덩이 붙이고 글만 쓰다 보니 설거지가 밀린 것이다. 밥그릇이 기껏해야 두세 개를 안 넘어가는 단출한 살림에는 설거지가 밀리면 방법이 없다.

나는 선 채로 밥통 안에 숟가락을 집어넣었다. 밥은 약간 단단하게 굳어 있었다. 나는 김에 밥을 싸서 아구아구 먹기 시작했다. 밥알이 들어가자 쥐어짜듯 뒤틀리던 속이 가라앉는 기분이었다. 스탠드만 켜놓은 방 안은 여전히 어두웠고, 머리를 산발한 채 밥통 앞에 서서 볼이 터져라 밥을 밀어넣는 나는 누가 보면 굶어죽은 귀신이라도 붙은 줄 알 거다. 바짝 마른 목구멍으로 밥알이 꿀떡꿀떡 넘어갔다.

빈 밥통을 긁던 내 눈길이 다시 한 번 컴퓨터 쪽으로 갔다. 화면은 온통 까맸다. 갑자기 덜컥 불안해졌다. 나는 그대로 숟가락을 팽개치고 책상 앞으로 달려갔다. 땡그렁, 소리가 요란했고 입술에서 김 가루가 푸슬푸슬 떨어졌다. 프린터 밑에 쌓인 흰 종이를 집어 들었다. 종이는 아직 따뜻했고 희미한 펄프 냄새가 풍겼다. 갓 태어난 아이의 손가락과 발가락을 세어보는 심정으로, 쉼표나 마침표 하나 그대로라는 것을 보고서야 나는 안도했다.

내가 강에게 무수히 강조했던 것처럼, 날 것으로서의 말과 문학적 언어로서의 말은 분명히 다른 차원에 있었다. 무성의하게 태어나 실체에 접근하지 못한 채 부스러지는 말이 있다면, 그에 맞서 오롯이 삶의 진실을 향해 나아가는 말이 있지 않을까. 동영상 사건 이후 나는 매일같이 그런 생각을 했다. 뜬구름 같은 말이 무성하여 금방이라도 잡아먹힐 것 같았고 여태껏 쌓아왔던 신뢰가 무너져 회의가 들었지만, 그럴수록 더욱더 강한 열망이 꽃을 피웠다. 정말로 그런 말이 있다면 찾고 싶었다. 아주 오랫동안 몸 안에서 웅크리고 있던 것이 문득 기지개를 폈다.

왜 소설을 쓰고 싶은데?

두근두근, 이 사실을 어서 말하지 않으면 몸 안에서 그대로 폭발할 것 같았다. 나는 방 안을 한참 왔다갔다하다가 전화기를 집어 들었다. 아직 모두가 깊은 잠에 빠져 있을 시간이라는 것을 알고 있었지만 도저히 참을 수 없었다. 나는 손가락이 가는 대로 번호를 눌렀다. 뚜르르르. 나는 최후의 심판을 기다리는 것처럼 수화기를 있는 힘껏 귀에 붙였다. 뚜르르르.

—여보세요.

한참의 신호음 끝에 부재중 통화로 넘어가려는 순간 저쪽에서 전화를 받았다. 언제나처럼 짜랑짜랑하기보다 잠에 취해 꽉 잠긴 목소리였다. 지호였다.

—어, 정인아. 웬일이야……? 지금 몇 시지……?

신호가 가는 내내 벼르던 말이, 막상 겁을 먹은 듯 나오지 않았다. 이 느낌을 알고 있다. 언제부터인지 모르게 반복되어온 꿈속에서였다. 눈 뜨면 그 순간 잊어버렸지만, 지워지지 않는 광경이 있었다. 아주 오래전, 그러니까 기억이 시작되기도 전의 아득한 옛날이었던 것 같다. 으엄마마, 하고 말문을 튼 순간 그 말은 허공을 가로질러 작은 획을 그었다. 그 틈으로, 개구리 알처럼 조롱조롱하고 탱글탱글한 것들이 우르르 쏟아져 내렸다. 어떤 것은 즉시 꼬리를 흔들며 사라졌고 어떤 것은 그 자리에서 통통 튀어 올랐고 또 어떤 것은 날카로운 소리를 내면서 깨졌다. 반짝이는 빛에 눈이 부셨다. 그럴 때마다 나는 때때로 다가갔고 종종 도망쳤다. 입을 열어 뭔가를 말하려고 하면 이유를 알 수 없이 먹먹해 입만 뻐금거렸다.

"나……."

—응……듣고 있어…….

"완성했어. 첫 소설."

목소리가 쩍 갈라졌다. 우스꽝스러운 꼴이었지만 나도 지호도 웃지 않았다.

—정말. 빨리 읽어보고 싶다.

지호의 목소리에서 졸린 기운이 가시고 목소리에 윤기가 흘렀다. 힘이 잔뜩 들어갔던 어깨가 풀어지면서 나는 깊이 숨을 내쉬었다. 있어도 그만, 없어도 그만인 사소하고 무력한 이야기를 누군가 기다리고 있다는 사실은 향나무를 깎아 만든 지팡이 같았다. 자주 휘청거렸지만 그때마다 짚고 일어났다. 사랑하는 것에 대해서 쓰자고 결심했을 때, 내 머릿속에 가장 먼저 떠오른 풍경은…….

—제목은, 뭔데?

전화기 너머로 지호가 악수를 받아주듯 다정스레 물었다. 어렸을 때 누군가 나에게 '이름이 뭐니', 하고 물을 때의 기분이 들었다. 나는 어둠 속에서 하얗게 빛나는 종이 뭉치를 쳐다보다가, 가만히 속삭였다.

"……승강이."

한 남자와 여자가 노란 방에서 빵을 먹고 있다. 이야기는 그렇게 시작된다.

나는 산소 호흡기를 갖다 댄 것처럼 흡, 하고 길게 숨을 들이마셨다. 지금 지호는 어떤 표정을 짓고 있을까. 턱을 아래로 당기면서 웃고 춤추고 서슴없이 농담하는 머리색깔이 기괴한 여자가 나온다는 것, 이 세상 모든 것이 아니꼬운 남자는 연애 소설을 쓸 때만은 부드럽게 허물어지는 문체를 가졌다는 것, 자신을 이 세상에 부른 익명의 사람들에게 이름을 준 남자가 낯선 언어와 사투를 벌인다는 것, 그리고 영화학교도 다니지 않고 정식 교육도 받지 못했지만 구멍 난 치마를 휘날리며 캠코더 하나 멘 철부지가 어디든지 간다는 것 모두, 말하지 않아도 짐작하고 있을까.

고개를 돌리자 창밖은 푸른빛으로 가득했다. 어딘지 알 수 없는 곳에서부터 천천히 밝아오는 시간, 수화기 너머로 얕고 고른 숨소리가 심장 박동 소리처럼 들렸다. 고요하고 드넓은 이 세상이 온통, 물속에 잠긴 것 같았다.

-끝-

## 제7회 이화글빛문학상 심사평

2012년 이화 글빛 문학상의 유일한 투고작이자 당선작이기도 한 『승강이』는 문학상의 기준이 상대적인 것이 아니라 절대적인 것임을 여실히 증명해주는 수작이다. 몇 편이 투고되었는가가 중요할 수 있지만, 어떤 작품이 투고되었는가도 중요하기 때문이다. 기성작가들도 장편 소설을 쓰기가 어렵고, 기성 문단에서도 몇 년씩 같은 작품들이 여러 장편문학상에 응모작으로 돌아다니는 것을 고려할 때, 장편소설이라는 장르 자체에 투자하는 이화여자대학교출판부의 지원이나 빡빡한 학업과 병행하면서 창작의 의지를 불태운 당선자의 열정에 우선 감사와 응원을 보낸다.

당선작인 『승강이』는 소설 창작 스터디인 '승강이'에 신입으로 들어간 주인공 '나'(서정인)와 기존 멤버들인 지호, 인욱 등이 소설을 쓰기 위해 고군분투하는 이야기가 주요

플롯이다. 소설쓰기에 대한 소설이라는 점에서 메타픽션이라고도 할 수 있다. 하지만 여기에 미국인 엄마는 분명하지만 동양인 아버지의 국적은 불분명한데도 불구하고 한국인 아버지라고 굳게 믿는 혼혈아 '강'의 부모에 대한 소설쓰기가 교차되어 전개된다. 이를 통해 자신의 존재 증명으로서의 글쓰기나 소수자에 대한 편견 문제가 소설의 또 다른 한 축을 이룬다. 자신의 근원이나 근거를 찾기 위해 모험하는 인물에는 인도나 제주도, 네팔로 떠도는 '나'의 고모도 있다. 그리고 '나'가 지하철에서 성추행 당했음에도 불구하고 장애인으로 가장한 가해자 남성에 대한 동정에 휘말려 진실이 왜곡되는 소위 '지하철 자뻑녀' 사건을 통해 폭력적인 편견 문제가 소수자 문학으로서의 문학의 정체성과 맞물리며 정교하게 전개되고 있다.

이 소설의 장점은 무엇보다도 이런 진지한 주제들이 리드미컬한 구어나 유머러스한 대화 중심으로 전개됨으로써 확보되는 가독성의 뛰어남이다. 이로 인해 간혹 직설법을 지나치게 구사하거나 어투 자체가 다소 가벼워지는 한계점도 보인다. 그러나 발랄하면서도 뭉클하게 다가오는 20대 소설 창작 지망생의 일상과 고민을 리얼하게 확인할 수 있는 장점이 더 크다. 가장 잘 쓸 수 있는 이야기를 제대로 소화하면서, 이 예비 작가는 잘 쓰는 것이 아니라 쓰는 것 자체가 문학에 대한 절대 사랑임을 소설 속에서 진심을 다해 보여주고 있다. 문학이 죽은 글자와의 싸움이 아니라 살아 있는 삶과의 소통이라는 메시지가 감동적으로 형상화된 소설이기에 이 소설에서 청춘이 보이고, 열정이 보이고, 사회가 보인다. 10년 후 당선자의 위치가 궁금해지면서 그만큼 신뢰가 가는 이유이기도 하다. 당선을 축하한다.

**김미현** | 이화여대 국어국문학전공 교수, 문학평론가

## 작가의 말

작가의 말이라니.

부끄러워서 남산타워 계단에서 구르고 싶다.

그래도 평생 글을 쓰기로 결심한 이상 이 정도는 이겨내야 하니까 아무렇지 않은 척, 마이크 체크 원투 원투.

'승강이'의 초고는 외국에서 썼다. 그토록 흐리고 눈이 많이 내리던 날씨가, 돌아갈 때가 되니 매일같이 쨍했다. 나와서 놀자고 유혹하듯이. 국문과라고 전공을 밝히면 사람들은 의아해하면서 물었다. 왜 여기 왔냐고. 나는 애매하게 웃어 넘겼다. 형편없는 어학 실력과 배에 둘러진 살 튜브를 끼고 귀국하면서도 행복했던 것은, 마침내 마침표를 찍은 생애 첫 장편 소설 때문이었다.

쓴 지 오래 되었지만 이 소설은 세상에 꼭 내놓고 싶었다. 무익하고 하찮은 일에 몰두하는 시절에 대해서, 내가 가장 사랑하는 풍경과 시간에 대해서. 이제 '승강이'는 나에게서 떠났고 그렇기 때문에 더 이상 이런 글을 쓰는 일은 없을 것이다. 한없이 낯선 글을 쓰고 싶다. 그렇게 될 것이다.

'작가'라는 말이 세상에 존재하는지도 몰랐던 열두 살, 장래희망을 적는 종이에서 다른 친구가 쓴 그 단어와 맞닥뜨렸다. 보자마자 나는 줄곧 내가 되고 싶었던 것이 작가라는 존재임을 알았다. 급하게 훔쳐서 쓴 이후로, 내가 하는 모든 선택은 글을 쓰는 것과 맞닿아 있다. 내가 이렇게 편협하다.

다양한 분야에 재능이 있는 사람들을 동경했다. 소설 쓰는 데만 열중했다고 말하기에는 나는 흠투성이다. 그래도 괜찮다. 완전해지고 싶었다면 진작 다른 길을 택했을 것이다. 시간이 얼마나 흐르든, 그때에도 내가 여전히 같잖은 글을 쓰고 있기를 바란다. 젤리를 먹다가도, 된장찌개를 끓이다가도, 엉망진창인 방에서 머리카락과 함께 뒹굴다가도 끼적끼적.

내 노트북 '바이옹'은 하도 두들겨 대서 자판의 글자가 다 지워졌는데, '승강이'를 퇴고하던 도중 커피를 쏟는 바람에 운명했다. 커피 한 잔이라도 나눠먹고 싶었던 내 마음을 몰라준 야속한 너. 서른 살까지 함께하기로 했던 약속은 사라졌지만, 너는 영원히 내 가슴에 살아 있어.

이 책을 만들어주신 이화여자대학교출판부 관계자분들과, 심사해주신 김미현 교수님께 깊은 감사를 드린다. 글 쓰는 나를 변함없이 응원하고 아낌없이 지지하는 가족들(나의 아버지가 소설에서처럼 폭력적이라고 생각하는 사람이 있을까봐 걱정이다), 이제 하얀 페인트로 단장한 '진짜' 동해안 오징어장 같은 이화문학회, 기타는 낭만이 아니라 성실한 노동이라는 걸 가르쳐준 기타동아리 예율회, 나와 함께 울고 웃고 갈등을 야기하고 만화책을 보며 시시덕거리고 시인과 소설가와 보이 그룹을 스토킹한 친구들, 언니들, 후배들, 그리고 스쳐지나가며 나에게 잊을 수 없는 지문을 찍은 무수한 사람들, 이 세계의 언저리, 모두와 모든 것의 등에 몰래 하트를 붙여놓는다.

마지막 퇴고를 하며 하루에 한 봉지씩 먹었던 초콜*타 과자, 새벽 4시에도 전화 받아서 교정을 봐준 C, 시를 선뜻 빌려준 지선언니, 비가 억수같이 퍼붓던 그 여름, ECC의 빈 탁자를 찾아 헤매며 함께 소설 창작 스터디를 했던 선혜 언니, 주희, 현정, 그리고 유리에게도.

2012년 11월

이신송

# 승강이


펴낸날 | 1판 1쇄 2012년 11월 15일

지은이 | 이진송

펴낸이 | 김훈순

펴낸곳 | 이화여자대학교출판부

등록 | 1954년 7월 6일 제9-61호

주소 | 서울특별시 서대문구 이화여대길 52(우 120-750)

전화 | 02-3277-2965(편집), 02-362-6076(마케팅)

팩스 | 02-312-4312

전자우편 | press@ewha.ac.kr

홈페이지 | www.ewhapress.com

책임편집 | 민지영

본문디자인 | 정혜진

찍은곳 | 네오프린텍

ISBN 978-89-7300-963-3 03810

값 12,000원